Bianca

ESCONDIDA EN EL HARÉN
MICHELLE CONDER

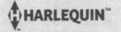
HARLEQUIN

Editado por Harlequin Ibérica.
Una división de HarperCollins Ibérica, S.A.
Núñez de Balboa, 56
28001 Madrid

© 2015 Michelle Conder
© 2016 Harlequin Ibérica, una división de HarperCollins Ibérica, S.A.
Escondida en el harén, n.º 2448 - 24.2.16
Título original: Hidden in the Sheikh's Harem
Publicada originalmente por Mills & Boon®, Ltd., Londres.

I.S.B.N.: 978-84-687-7600-2
Depósito legal: M-39100-2015
Impresión en CPI (Barcelona)
Fecha impresion para Argentina: 22.8.16
Distribuidor exclusivo para España: LOGISTA
Distribuidores para México: CODIPLYRSA y Despacho Flores
Distribuidores para Argentina: Interior, DGP, S.A. Alvarado 2118.
Cap. Fed./Buenos Aires y Gran Buenos Aires, VACCARO HNOS.

Capítulo 1

EL PRÍNCIPE Zachim Bakr Al-Darkhan intentó no dar un portazo al salir de los aposentos que su medio hermano ocupaba durante su breve visita. Nadir se negaba con tozudez a ocupar su lugar en el trono de Bakaan. Y eso dejaba a Zachim en una posición muy delicada.

–¿Va todo bien, Alteza?

Maldición. Había estado tan preocupado que no había visto al viejo criado que lo había servido desde niño y, en ese momento, lo esperaba bajo uno de los arcos del pasillo de palacio.

No. Nada iba bien. Cada día que pasaba sin tener un gobernante, su pueblo estaba más y más agitado. Su padre había muerto hacía solo dos semanas, pero ya había rumores de que algunas tribus insurgentes estaban reagrupándose para atacar.

Como la tribu de Al-Hajjar. En el pasado, sus familias habían pertenecido a dinastías rivales, hasta que, hacía dos siglos, los Darkhan habían vencido a los Hajjar en una guerra brutal y, con ello, habían creado unos resentimientos difíciles de borrar con el tiempo. Pero Zachim sabía que el actual líder de la tribu, Mohamed Hajjar, odiaba a su padre, no solo por la historia pasada, sino porque lo culpaba de la muerte de su esposa embarazada acaecida hacía diez años.

Lo cierto era que su padre había sido un tirano cruel que había gobernado bajo un imperio de terror y se había vengado sin piedad cuando no había conseguido lo que había querido. Como resultado, Bakaan era un reino sumido en la oscuridad y el pasado, tanto en lo relativo a sus leyes como en infraestructuras. Iba a ser un tremendo reto ponerlo a la altura del siglo XXI.

Nadir estaba mejor cualificado que él para ese reto. No solo porque tenía un gran talento para la política, sino porque le correspondía como primogénito. Si su hermano ocupaba el trono, Zachim podría dedicarse a lo que mejor se le daba, alimentar y dirigir el cambio desde abajo, dentro del pueblo.

Ya había empezado a hacerlo después de que su madre le hubiera rogado acudir a palacio hacía cinco años, cuando Bakaan había estado al borde de una guerra civil. Las revueltas habían sido animadas por una de las tribus de la montaña, donde alguien había publicado una proclama detallando todos los fracasos del rey e incitando al cambio. La mayoría de las acusaciones contra su padre habían sido ciertas, aunque Zachim había cumplido con su deber y había calmado los ánimos populares. Luego, preocupado por el estado en que se había encontrado el país, había dejado de lado su estilo de vida occidental y se había quedado para mitigar el daño que su padre, cada vez más narcisista y paranoide, le había causado al pueblo. La muerte le había llegado al rey antes de que hubiera entrado en razón, lo que hacía que su hijo se sintiera vacío por dentro. Por eso y porque el viejo monarca nunca le había considerado más que un posible sucesor al trono, ni siquiera demasiado valioso para ello.

–¿Alteza?

–Lo siento, Staph –repuso Zachim, saliendo de sus recuerdos, y comenzó a caminar hacia su ala privada de palacio, mientras su criado aceleraba el paso para seguirlo–. No, nada está bien. Mi hermano es demasiado tozudo.

–¿No quiere regresar a Bakaan?

No. Zachim sabía que Nadir tenía buenas razones para negarse, pero también sabía que su hermano había nacido para ser rey y que, si pudiera superar el resentimiento, le gustaría el trabajo de gobernar su pequeño reino.

Dándose cuenta de que a Staph le costaba mantener su paso, Zachim aminoró la marcha.

–Ahora tiene otras cosas en que pensar.

Nadir acababa de descubrir que tenía una hija y estaba decidido a casarse con su madre. A Zachim le había sorprendido mucho, pues su hermano nunca había creído en el amor, ni en el matrimonio. Él, al contrario, siempre había deseado tener una familia para tratarla mucho mejor de lo que su padre los había tratado a ellos.

De hecho, había estado a punto de pedir la mano de una mujer en una ocasión, justo antes de que hubieran requerido su presencia en su país. Amy Anderson había cumplido todos los requisitos que buscaba en una mujer. Era sofisticada, educada y rubia. Su noviazgo había transcurrido sin complicaciones, aunque algo había hecho que Zachim se replanteara las cosas. Nadir no le había ayudado mucho, cuando le había acusado de haber elegido siempre a las mujeres equivocadas.

Zachim despidió a Staph y entró en sus aposentos. Se quitó la ropa de camino a la ducha, se dio un buen repaso con agua ardiendo y se tumbó en la cama. Había quedado con su hermano a la hora del almuerzo del día siguiente, para que pudiera abdicar delante del consejo. Sin embargo, esperaba que Nadir recuperara la cordura antes de eso.

Cuando el sonido de un mensaje vibró en su móvil, de inmediato lo tomó de la mesilla, agradecido por poder distraer sus pensamientos. Era su buen amigo Damian Masters, con quien solía hacer carreras de lanchas.

Tienes una invitación a una fiesta privada en tu correo electrónico. Ibiza. Le he dado a la princesa Barbie tu email privado. Espero que no te importe. D.

Vaya, vaya, vaya. Zachim no creía en esa bazofia del destino y las señales, pero había estado pensando en Amy, la princesa Barbie, como sus amigos solían llamarla. Y allí estaba.

Cuando abrió el correo, allí estaba el mensaje en cuestión.

Hola, Zachim, soy Amy.
Hace mucho que no hablamos. Me han dicho que vas a la fiesta de Damian en Ibiza. Espero verte. ¿Podremos ponernos al día?
Besos,
Amy.

Una sonrisa socarrona se dibujó en el rostro del príncipe. Por el tono de su mensaje y por los besos de la despedida, intuyó que, tal vez, ella quería hacer algo más que ponerse al día. Pero ¿qué quería él?

Pensativo, entrelazó las manos detrás de la cabeza. Quizá no había pensado mucho en ella en los últimos cinco años, aunque ¿qué importaba eso? Le gustaría comprobar lo que sentía al verla de nuevo. Así, sabría si podía seguir considerándola como candidata a ser la madre de sus futuros hijos.

Sin prestar mucha atención, envió una corta respuesta, indicando que, si iba a la fiesta, hablarían. Sin embargo, en vez de sentirse mejor, se sintió peor.

Cansado de los sombríos pensamientos que amenazaban con no dejarle pegar ojo, se levantó, se puso los vaqueros y una camiseta y se dirigió al garaje de palacio. Se subió a su todoterreno y, después de saludar a los guardias de seguridad, emprendió camino hacia el vasto y silencioso desierto que rodeaba la ciudad. Sin pensarlo, dejándose guiar por su ánimo inquieto, se salió de la carretera y metió el coche por las dunas, iluminadas por la luz de la luna llena.

Dos horas después, tiró el bidón vacío de combustible al asiento de atrás y maldijo en voz alta. No se había dado cuenta del tiempo que había pasado al volante ni de lo lejos que había llegado. Y se había quedado atrapado en medio del desierto sin más gasolina y sin cobertura de móvil.

Sin duda, su padre habría tildado de arrogancia su impulsividad. Para él, no había sido más que una estupidez. No debería haberse adentrado en el desierto de esa manera.

Diablos.

En ese momento, oyó movimiento detrás de él y, cuando se giró, vio que una docena de hombres montados a caballo aparecía en el horizonte. Estaban vestidos de negro, con los rostros cubiertos por los *keffiyehs* tradicionales para impedir que la arena les entrara en la nariz y los ojos De esa guisa, era imposible saber si eran amigos o enemigos.

En pocos minutos, cuando unos veinte extraños estaban delante de él, quietos y sin pronunciar palabra, Zachim adivinó que debían de ser enemigos.

Despacio, posó los ojos en cada uno de ellos. Tal vez, podría acabar con unos diez, dado que tenía una pistola y una espada. Aunque quizá fuera mejor intentar ser diplomático primero.

—Supongo que ninguno de vosotros lleva un bidón de gasolina, ¿o sí?

El sonido de movimiento sobre una silla de montar de cuero hizo que Zachim fijara la atención en el hombre que había en el centro del grupo, quien debía de ser el líder.

–Eres el príncipe Zachim Al-Darkhan, orgullo del desierto y heredero al trono, ¿no es así?

Bueno, su padre no estaría muy de acuerdo con darle el título de «orgullo del desierto» y tampoco era el heredero directo, pero Zachim pensó que no era momento para detenerse en los detalles.

–Lo soy.

–Vaya coincidencia –declaró el extraño, que lo miraba fijamente con unos ojos de color ónix.

Se había levantado algo de viento, pero la noche seguía despejada y, en el cielo, brillaba con fuerza la luna llena que lo había impulsado con su influjo a quemar su frustración con uno de sus pasatiempos favoritos.

El jefe del grupo se dirigió a uno de sus hombres. Este desmontó despacio y se acercó, hasta detenerse delante de Zachim con una postura desafiante. Él mantuvo la expresión impasible, pensando que, si iban a luchar con él uno por uno, saldría ganando.

Entonces, los otros dieciocho desmontaron también.

De acuerdo, eso ya iba a ser demasiado. Era una pena que sus armas estuvieran en el coche.

Farah Hajjar se despertó de golpe en medio de la noche. Nunca dormía bien con la luna llena. Era como un mal presagio para ella. Su madre había muerto un día de luna llena. Ella no había podido dormir esa noche y había llorado hasta caer exhausta. Ya no tenía doce años, pero no lo había superado. Igual que no había vencido su miedo a los escorpiones... algo difícil cuando se vivía en un desierto donde se criaban por centenas.

Se incorporó en la cama y, a lo lejos, oyó relinchar a un caballo.

Se preguntó si su padre estaría de regreso de una de sus reuniones de una semana para discutir el futuro del país. Después de la muerte del horrible rey Hassan, era de lo único que hablaba. De eso y de su temor por que el déspota príncipe Zachim gobernara igual que lo había hecho su padre. El príncipe había llevado una vida de cuento de hadas antes de volver a Bakaan hacía cinco años, si lo que habían contado las revistas del corazón que ella leía había sido cierto. Por eso, sospechaba que su padre tenía razón acerca del heredero al trono. Y eso sería un duro golpe para su pueblo.

Bostezando, escuchó el galope de más caballos y se preguntó qué estaría pasando. Si su padre tenía que ausentarse un día o dos más, era casi mejor. La verdad era que, por mucho que ella lo intentara, nunca conseguía complacerlo. Para él, las mujeres solo servían para tejer y tener hijos. De hecho, se había casado por segunda vez con la intención de tener un hijo varón y había repudiado a su esposa cuando no lo había logrado.

Su padre no entendía el deseo de independencia de Farah y ella no comprendía por qué él no aceptaba que también tenía cerebro y sabía cómo usarlo. Para colmo, estaba decidido a casarla, algo que ella no quería en absoluto. En su opinión, había dos clases de hombres en el mundo: los que trataban bien a sus esposas y los que no. Pero ninguno de ellos apoyaría la independencia total de su mujer, ni su felicidad.

Farah sabía que su padre actuaba guiado por la creencia de que las mujeres necesitaban la protección y la guía de un hombre. Y ella se había quedado sin recursos para demostrarle su equivocación.

Con un suspiro, se tumbó del otro lado, recordando cómo su amigo de la infancia había pedido permiso para cortejarla. Amir era la mano derecha de su padre, por lo que este pensaba que era el mejor partido para su hija. Por desgracia, Amir estaba cortado por el mismo patrón machista, y ella no quería casarse con él.

Como castigo, su padre le había prohibido recibir más revistas occidentales, pues las culpaba de sus ideas alocadas. La verdad era que Farah solo quería ser diferente. Quería hacer algo más que meter en su aldea material educativo de contrabando. Quería cambiar la situación de las mujeres en Bakaan y defender sus derechos. Y sabía que no tendría ninguna posibilidad de conseguirlo si se casaba.

Lo más probable era que no tuviera ninguna oportunidad en cualquier caso, pero eso no le impedía intentarlo y, de vez en cuando, cruzar los límites que marcaba su padre.

Frustrada e irritada, presintiendo que algo terrible estaba a punto de suceder, se acomodó la almohada y se meció en un sueño inquieto y poco reparador.

Una sensación de inquietud la acompañó durante los días siguientes, hasta que su amiga llegó corriendo hasta ella cuando estaba limpiando el pesebre de los camellos y todo empeoró.

–¡Farah! ¡Farah!

–Tranquila, Lila –dijo Farah, dejando a un lado la pala–. ¿Qué pasa?

Lila intentó recuperar el aliento.

–No te lo vas a creer, pero Jarad acaba de volver del campamento secreto de tu padre y... –repuso la joven, y bajó la voz, aunque no había nadie más por allí, aparte de los camellos–. Dice que tu padre ha secuestrado al príncipe de Bakaan.

Capítulo 2

SINTIÉNDOSE culpable por haber estado disfrutando de la ausencia de su padre, Farah corrió a los establos y se montó en su caballo blanco. Si lo que Lila decía era cierto, su padre podía enfrentarse a la pena de muerte por esa temeridad.

Como si pudiera percibir su desasosiego, Rayo de Luna relinchó y levantó la cabeza.

–Tranquilo –le calmó Farah, aunque ella necesitaba calmarse más que el caballo–. Corre como el viento. Esto no me da buena espina.

Poco después, entró en el campamento secreto, desmontó y le entregó su caballo a uno de los guardas para que le diera agua. Estaba oscureciendo y en las tiendas se estaban haciendo los preparativos para pasar la noche. A un lado del asentamiento estaba el desierto y, al otro, las montañas, bañadas por los últimos rayos del atardecer.

Sin embargo, ese día no tenía tiempo para deleitarse con su belleza, se dijo Farah. Estaba demasiado nerviosa, rezando para que Lila se hubiera equivocado.

–¿Qué estás haciendo aquí? –preguntó Amir con tono seco y rostro tenso, al verla acercarse a la tienda de su padre.

–¿Y tú? –replicó ella, cruzándose de brazos en un gesto desafiante. No estaba dispuesta a dejarse intimidar por su antiguo amigo de la infancia.

–Eso no es asunto tuyo.

–Si lo que me han dicho es verdad, sí lo es –dijo ella, y tomó aliento–. Por favor, dime que no es verdad.

–La guerra es cosa de hombres, Farah.

–¿Guerra? –repitió ella y maldijo como lo habría hecho un hombre, bajo la mirada de desaprobación de Amir–. Así que es cierto –susurró–. ¿El príncipe de Bakaan está aquí?

Amir apretó los labios.

–Tu padre está ocupado.

–¿Está ahí dentro?

Farah se había referido al príncipe, pero él no la entendió.

–No puede verte ahora. Las cosas están... delicadas.

Una forma muy sutil de describirlo, pensó ella. La tensión podía palparse en el campamento.

–¿Cómo ha sucedido? Sabes que mi padre es un hombre viejo y amargado. Era responsabilidad tuya cuidar de él.

–Sigue siendo el jefe de Al-Hajjar.

–Sí, pero...

–¿Farah? ¿Eres tú? –llamó su padre desde la tienda.

A ella se le encogió el estómago. Por muy machista y autoritario que fuera, era lo único que tenía en el mundo y lo quería.

–Sí, padre –repuso Farah y, pasando de largo ante Amir, entró en la tienda.

El espacio estaba iluminado con lámparas de aceite, dividido en una zona para comer y otra para dormir, con una amplia cama y un círculo de cojines para sentarse. Varias alfombras cubrían el suelo para aislarlo del frío de la noche.

Su padre parecía cansado. Los restos de la cena estaban todavía sobre la mesa.

–¿Qué estás haciendo aquí, niña? –preguntó él con

el ceño fruncido. Se suponía que las mujeres no eran bienvenidas en el santuario privado del jefe de la tribu.

Farah se contuvo para no responder que solo quería cuidarlo. Su relación nunca había sido demasiado demostrativa de afecto.

–He oído que tienes al príncipe de Bakaan secuestrado –dijo ella, rezando para que no fuera verdad.

Su padre se frotó la barba blanca, un gesto que significaba que se estaba pensando si responder o no.

–¿Quién te lo ha dicho?

–¿Es verdad, entonces? –preguntó ella a su vez, sintiéndose aplastada por la preocupación.

–La noticia no puede extenderse. Amir, encárgate de eso.

–Por supuesto.

Farah no se había dado cuenta de que Amir la había seguido dentro. Se giró hacia él y, al fijarse bien, se dio cuenta de que tenía un ojo morado.

–¿Cómo te has hecho eso?

–¡Qué importa!

Farah se preguntó si había sido el príncipe quien le había dado un puñetazo, pero no indagó más.

–Pero ¿por qué? ¿Cómo?

Amir dio un paso al frente con rostro tenso.

–El arrogante príncipe Zachim creyó que podía atravesar las dunas con su coche en medio de la noche sin llevar ninguna reserva de combustible.

–¿Y? –inquirió Farah, mirando a su padre.

–Y lo hemos capturado.

Ella se aclaró la garganta, intentando no pensar lo peor.

–¿Por qué habéis hecho eso?

–Porque no queremos que otro Darkhan tome el poder y él es el heredero.

–Pensé que su hermano mayor era el heredero.

–El miserable Nadir vive en Europa y no quiere tener nada que ver con Bakaan –indicó Amir.

–Eso no viene al caso –replicó ella, meneando la cabeza–. No podéis... ¡secuestrar a un príncipe sin más!

–Cuando se sepa que el príncipe Zachim ya no está disponible, el país se desestabilizará todavía más y nos haremos con el poder que siempre nos perteneció por derecho propio.

–Padre, las guerras tribales de las que hablas terminaron hace cientos de años. Ellos ganaron. ¿No crees que es hora de dejar atrás el pasado?

–No, no lo creo. La tribu de Al-Hajjar nunca reconocerá el poder de los Darkhan y no puedo creer que mi propia hija me hable así. Sabes muy bien lo que me arrebataron.

Farah suspiró. Sí, el rey se había negado a abastecer a las regiones limítrofes de Bakaan con provisiones médicas, entre otras cosas. Por eso, nadie había podido salvar la vida de su madre embarazada, el tesoro más querido de su padre. Ella nunca había bastado para calmar su dolor.

Su padre continuó enumerando todo lo demás que los Darkhan le habían robado: tierra, privilegios, libertad. Eran las mismas historias que llevaba oyendo desde pequeña. Y, en realidad, ella estaba de acuerdo con la mayoría de sus acusaciones. El difunto rey de Bakaan había sido un tirano egoísta al que no le había importado su pueblo.

Sin embargo, en su opinión, secuestrar al príncipe Zachim no era manera de solventar los viejos atropellos. Sobre todo, cuando era una ofensa penada con la cárcel o la muerte.

–¿Cómo va esto a mejorar las cosas y traer la paz? –inquirió ella, apelando a su sentido racional.

Su padre se encogió de hombros.

–El país no tendrá ninguna oportunidad con él en el trono. Es demasiado poderoso.

Sí, Farah había oído que el príncipe Zachim era poderoso sin medida. También había oído que era muy guapo, lo que confirmaban las fotos que había visto publicadas en la prensa rosa. ¡Aunque a ella le daba igual cuál fuera su aspecto!

—¿Y qué pasará ahora? ¿Qué hará el consejo de Bakaan?

Por primera vez desde que Farah había entrado, su padre se mostró inseguro. Se levantó y comenzó a dar vueltas por la tienda.

—No lo saben todavía.

—¿No lo saben? —repitió ella, frunciendo el ceño—. ¿Cómo es posible que no lo sepan?

—Cuando esté preparado para revelar mis planes, lo haré —afirmó su padre.

Eso significaba que no tenía ningún plan por el momento, adivinó ella.

—Además, no es algo que quiera hablar contigo. ¿Y por qué vas vestida así? Esas botas son de hombre.

Farah dio una patada a la alfombra. Había olvidado que no se había quitado la ropa vieja de trabajar con los camellos. Pero... ¿iban a hablar de su vestimenta mientras tenían cautivo al hombre más importante del país?

—Eso es lo de menos...

—No lo es, si yo lo digo. Ya sabes lo que pienso.

—Sí, pero creo que hay cosas más... acuciantes que discutir, ¿no te parece?

—Las cartas ya están echadas. No hay nada más que discutir.

Con gesto agotado, el viejo jefe se dejó caer sobre los cojines.

—Al menos... ¿está bien? —quiso saber ella con el corazón encogido, temiendo que lo hubieran golpeado. Eso solo empeoraría las cosas todavía más.

–Aparte de que el maldito hijo de perra se niega a comer, sí.

–Sin duda, cree que la comida ha sido envenenada.

–Si quisiera matarlo, usaría la espada –señaló su padre.

–Quizá esa sea la solución –indicó Amir–. Lo matamos y nos deshacemos del cuerpo. Así, nadie podrá achacarnos su muerte.

Farah le lanzó una mirada asesina.

–No me puedo creer que hables así, Amir. Aparte de que es una barbaridad, si lo descubrieran en palacio, diezmarían nuestra aldea.

–Nadie lo averiguaría.

–Y nadie va a morir, tampoco –aseguró ella, poniendo los brazos en jarras–. Iré a verlo.

–No te acerques a él, Farah –ordenó su padre–. Encargarse del prisionero es trabajo de hombres.

Ella se mordió la lengua para no responder que su padre no lo estaba haciendo muy bien, si el prisionero se negaba a comer. Sin decir nada, se dio media vuelta.

–¿Adónde vas? –le gritó Amir con tono autoritario.

–A comer algo –repuso ella, tensa–. ¿Te parece bien?

–Me gustaría hablar contigo.

Farah sabía que estaba esperando una respuesta sobre si podía cortejarla o no, pero no estaba de humor para enfrentarse a su reacción cuando le diera una negativa.

–No tengo nada que decirte por ahora –informó ella.

–Espérame fuera –ordenó Amir, apretando la mandíbula.

Ella sonrió para sus adentros. ¡Jamás obedecería sus órdenes!

Deprisa, salió de la tienda. Fuera, el viento sacudía el campamento, pero el cielo seguía despejado. Al menos, no parecía acercarse una tormenta.

Decidió no perder el tiempo comiendo y se dirigió a la única tienda custodiada por guardas. Estaba furiosa con su padre por sus actos enajenados y también estaba furiosa con el príncipe, el hijo del hombre que había torcido para siempre su vida al ser responsable indirecto de la muerte de su madre.

Aun así, necesitaba mantener la calma para buscar una manera de sacar a su padre de ese lío antes de que hiciera algo todavía peor... como escuchar los consejos de Amir.

Capítulo 3

ZACHIM retorció las manos y los pies atados con
cuerdas. Le dolía el estómago de hambre.

Por lo general, no era un hombre fácil de enfadar.
Después de tres días en ese agujero, en manos de unos
salvajes de la montaña, estaba rojo de ira. Y no era solo
hacia ellos. Había sido un estúpido por alejarse tanto de
la ciudad sin decir a nadie adónde iba.

Frotó las cuerdas de las muñecas contra la pequeña
piedra puntiaguda que tenía escondida en el regazo. La
había tomado del suelo cuando había fingido caerse al
ir al baño el día anterior. Como se había negado a comer, no le habían revisado las ataduras y, gracias a eso,
había podido ir rasgando una de las cuerdas poco a
poco. Una vez que tuviera las manos libres, sería más
fácil desatarse los tobillos y salir de allí.

Apoyó la cabeza contra el sólido poste de madera al
que estaba atado por una cuerda de la cintura. Le per-
mitía bastante movimiento como para tumbarse en el
suelo polvoriento, pero poco más. ¡Cómo echaba de
menos su cómoda cama de palacio! Era irónico, si pensaba que hacía tres días se había sentido desesperado
por salir de sus muros.

Debía tener cuidado con lo que deseaba, se recordó
a sí mismo con amargura.

Se preguntó qué habría pasado en su ausencia y
cómo estaría actuando su hermano ante su desaparición.

También se preguntó por qué no había oído ningún helicóptero sobrevolando la zona.

Flexionando los músculos agarrotados, intentó ignorar el hambre que lo atenazaba. Había estado en situaciones peores durante su entrenamiento en el ejército, aunque no le deseaba a nadie pasar por lo que estaba pasando en ese momento. Bueno, tal vez, solo a Mohamed Hajjar y a ese pomposo ayudante suyo que se creía más importante que un rey.

El sonido de pisadas en la entrada de su tienda le hizo levantar la cabeza y esconder la piedra. Cuando se abrió la puerta, se fingió dormido, esperando que lo dejaran a solas de nuevo cuanto antes.

Alerta, escuchó el sonido de pasos acercándose. Debía de ser un soldado muy ligero, pensó, un peso pluma. Alguien que podría derribar con facilidad, si hiciera falta. Además, por su olor, parecía que había estado demasiado tiempo entre camellos.

—Sé que no estás dormido —dijo una voz suave y sensual.

Diablos, esa voz no parecía de soldado, se dijo, sintiendo que su cuerpo reaccionaba ante el estímulo. Despacio, Zachim abrió los ojos, vencido por la curiosidad. Ante sus ojos, se alzaba una esbelta figura embutida en pantalones de combate y una túnica oscura sobre unos pequeños y turgentes pechos. Levantó la vista hacia una cara femenina que no sonreía.

—Y yo sé que no eres un hombre, aunque lleves ropas masculinas. No sabía que Hajjar tenía mujeres entre sus soldados.

—Quien yo sea no es importante.

Zachim la contempló con atención. Era una mujer de pequeña estatura y bien proporcionada.

—Quiero hacer un trato contigo —dijo ella tras un largo silencio.

«¿Un trato?».

La rabia que Zachim había sentido antes, momentáneamente eclipsada por la curiosidad, resurgió de golpe.

–No me interesa –repuso él. Sabía que Nadir lo estaría buscando y, si no lo rescataba pronto, escaparía por sus propios medios. Luego, le haría pagar a Mohamed Hajjar por haberlo secuestrado.

–Todavía no has oído lo que te ofrezco.

–Si querías llamar mi atención, tendrías que haberte puesto menos ropa –le espetó él, recorriéndola con mirada impasible–. Mucha menos ropa. Quizá, nada, aunque no estoy seguro de que tengas lo que hace falta para despertar mi interés.

Era mentira, pues, por alguna razón, la extraña había despertado ya su interés.

–Mi padre tiene razón –dijo ella, tras dar un respingo de indignación–. Eres un perro arrogante que no se merece gobernar nuestro país.

–¿Tu padre?

¿Era Farah Hajjar? ¿La hija de Mohamed? Vaya, vaya, qué interesante, se dijo Zachim, sonriendo al ver cómo ella torcía los labios lamentando su impulsiva metedura de pata. ¿La había enviado el jefe de sus captores para convencerlo con sus encantos? Si así era, se iba a llevar una decepción porque a él nunca le habían gustado las mujeres de Bakaan. Las prefería rubias.

–No pensé que tu padre siguiera considerándose parte de Bakaan, es una grata sorpresa saber que así es.

–Él... –comenzó a decir ella e hizo una pausa para calmarse–. Si aceptas que nuestra región se separe de Bakaan, te dejaré ir.

–¿Tú vas a dejarme ir? –se burló él con una carcajada.

Farah tomó aliento.

–Tu familia ya ha sometido a nuestra gente durante bastante tiempo –le espetó ella, mirándolo a los ojos.

Eso no era algo que Zachim pudiera discutirle. Él no aprobaba el modo en que su padre había gobernado Bakaan, incluso en alguna ocasión había considerado la opción de alzarse contra él.

–Yo no le he hecho nada a la gente de Bakaan –afirmó él. De todas maneras, no podía admitir que su región se separara del resto, porque otras seguirían su ejemplo y el país acabaría desmembrado en pequeñas tribus, incapaces de defender las reservas de petróleo de la región por sí mismas.

–Tampoco has hecho nada por ellos –replicó ella–. Aunque volviste para ponerte al mando del ejército hace cinco años.

–¿Y cuándo ha sido la última vez que el ejército ha atacado a vuestra tribu? –se defendió él.

–¿Quieres decir que eres el responsable del tiempo de paz?

–Digo que, a pesar de todo lo que dices, es tu padre quien ha sembrado la semilla de la guerra con sus acciones. No yo –señaló él, contemplando como su interlocutora palidecía–. Es algo que debes tener en cuenta, preciosa, antes de que te pongas a escupir acusaciones ignorantes.

–Solo crees que soy una ignorante por ser mujer. ¡Sé mucho más de lo que tú crees, Alteza! –exclamó, pronunciando su título con todo el desprecio de que fue capaz.

–¿Una mujer? He conocido mofetas que olían mejor que tú. No creo que ganaras nada con comercializar el aroma. No es nada atractivo.

Ella le lanzó una mirada de odio.

–No tengo interés en atraerte.

Zachim estuvo a punto de reírse ante su tono desafiante. No había conocido a ninguna mujer que no hubiera querido resultarle atractiva. Buenos genes, una considerable cuenta en el banco y su título real eran una combinación irresistible para las féminas.

–Desátame las manos, pequeña rebelde, y te haré cambiar de opinión –la retó él.

Apretando los dientes ante su tono provocador, Farah estaba a punto de lanzarle una réplica cortante cuando la puerta de la tienda se abrió. El lugarteniente de Hajjar entró con un plato de comida. Su olor hizo que a Zachim le rugiera el estómago.

El recién llegado se quedó paralizado, obviamente sorprendido al ver a la hija de Mohamed.

–¿Qué estás haciendo aquí?

–Puedo encargarme de esto –le espetó ella con frialdad, lanzándole puñales con la mirada.

–No, no puedes.

Los dos se enzarzaron en una discusión entre murmullos, que Zachim observó con avidez. Era obvio que la mujer mantenía alguna clase de relación personal con el soldado. Y que el hombre estaba, por alguna razón, disgustado.

Pensativo, el cautivo se fijó en el rostro de Amir. Parecía no gustarle lo que la mujer le decía aunque, al mismo tiempo, no tenía recursos para imponerse. Qué idiota. Lo único que ella necesitaba era un buen beso para entrar en razón.

«¿Un buen beso?».

A Zachim le sorprendió lo absurdo de su idea. ¿Desde cuándo era aceptable que un hombre besara a una mujer para someterla? ¿Y quién iba a querer besar a esa rabiosa y maloliente joven?

Harto de prestar atención a su discusión, subió las rodillas y continuó frotándose las ataduras.

Enseguida, la mujer ganó la pelea y tomó el plato de comida de manos del soldado. Intentando lograr más tiempo, Zachim le provocó preguntándole dónde había dejado su fusta. El soldado se puso rígido. La dama rabiosa, también.

Ella se giró como un gato salvaje, con los ojos echando chispas de fuego y hielo.

–Vamos, Farah.

Cuando la mujer se volvió hacia el otro hombre, Zachim sintió lástima por el pobre tipo.

–Solo intenta provocarte –le espetó ella.

No era estúpida, observó Zachim con admiración.

–Es peligroso –repuso el soldado.

–Y está atado –dijo ella con impaciencia–. Algo que no tengo planes de cambiar.

–¿Qué planes tienes?

Fascinado por la tensión que había en el ambiente, Zachim dejó de intentar romper la cuerda. Notó que la pregunta tenía un significado más profundo del que parecía a simple vista. Obviamente, la chica también lo notó, porque frunció el ceño.

«Quiere meterse en tu cama, preciosa, si es que no ha estado ya ahí», adivinó Zachim en silencio.

–Dame cinco minutos para hablar con él –pidió ella, soltando un suspiro–. Nos encontraremos en la cantina.

Un poco más calmado, el soldado asintió. Le lanzó una mirada asesina a Zachim antes de salir, mientras Farah lo veía marchar con gesto pensativo.

–¿Tienes problemas, gatita? –le preguntó Zachim con descaro.

–Cállate. Y no me llames así

–Creí que querías que hablara.

Ella bajó la vista al plato que llevaba en la mano.

–Lo que quiero es que comas.

–No tengo hambre –dijo él, mientras el rugir de su estómago demostraba lo contrario.

–¿Qué sentido tiene que te mueras de inanición?

–Qué amable por preocuparte.

–No me preocupa.

Su actitud irrespetuosa comenzaba a resultarle irritante a Zachim. Por un momento, deseó que ella se inclinara ante él como prueba de sumisión.

–Es mejor que tu padre envíe a alguien con mejores dotes diplomáticas la próxima vez que quiera suplicar mi perdón.

«Maldición», pensó Farah. Sin embargo, quería lograr que ese hombre se inclinara y se arrodillara ante ella. Tanto que estuvo a punto de sacar la pequeña daga que llevaba en el bolsillo para obligarle a hacerlo. Su actitud la irritaba.

En cuanto a su mirada penetrante con destellos dorados... Sus ojos de león decían mucho y nada al mismo tiempo. La observaba como si supiera algo que ella ignoraba. Con una barba de tres días sombreándole las mandíbulas, aquellos ojos le daban un aspecto masculino y poderoso, a pesar de que estaba atado al suelo. Le recordaba a una cobra lista para morder. O a un águila dispuesta a salir volando y hacer pedazos a su presa. Llevaba una polvorienta camisa negra que resaltaba los hombros anchos y fuertes, igual que los muslos que se adivinaban bajo sus vaqueros.

Farah había visto sus fotos en las revistas y sabía que era muy atractivo, pero en carne y hueso era todavía más impresionante. Aunque eso no tenía nada que ver con ella.

–No he venido a suplicar tu perdón.

–Mejor –repuso él, entrelazando sus miradas–. Porque, cuando salga de aquí, no pienso perdonaros.

Ella apretó los labios.

–Quizá necesitas más tiempo para pensar en qué situación te encuentras –sugirió ella, señalando con la vista a sus ataduras.

–Tal vez.

¿Qué tenía ese hombre para que no pudiera dejar de mirarlo?, se dijo Farah, irritada. Se quedaron cinco minutos más mirándose a los ojos. Pero, al fin, ella se rindió. Aquello no era un concurso.

–Sin embargo... –comenzó a decir Farah y, de pronto, se fijó en que él apretaba las manos sobre el regazo. Pensó que debía revisar sus ataduras antes de irse. Lo último que quería era devolverlo a palacio con llagas en las muñecas–. No vas a morir mientras yo esté aquí.

–Y yo que pensaba que no teníamos los mismos planes –comentó él con una sonrisa.

Era un hombre peligroso, admitió Farah para sus adentros, notando que todo el cuerpo se le revolucionaba al verlo sonreír. Su actitud serena a pesar de estar preso lo demostraba.

Decidida a no dejarse intimidar, se agachó delante del gran príncipe. Cuando percibió cómo él la recorría con la mirada de arriba abajo, se quedó paralizada, sin poder evitar que se le endurecieran los pezones.

En medio de un tenso silencio, se dio cuenta de que la respiración se le había vuelto rápida y superficial y que sentía un cosquilleo ardiente por toda la piel. No podía apartar los ojos de los labios perfectos del prisionero. Y, quizá, él se dio cuenta, porque esbozó una ligera sonrisa. Más molesta que nunca, ella echó la espalda hacia atrás unos centímetros y le puso el plato delante de las narices.

Zachim no miró la cena. Sus ojos siguieron clavados en los de ella.

–Si tanto interés tienes en que coma, dame tú la comida, gatita salvaje.

«¿Gatita salvaje?». La calidez de su tono no impidió que Farah se rebelara. Hasta atado y en el suelo, el príncipe osaba hablarle con un aire arrogante de superioridad.

–No tengo ninguna intención de darte de comer –le espetó ella, echando humo por las orejas.

–Bueno, tendré que conformarme con que sea una fantasía –dijo él con una sonrisa provocadora.

Farah apretó los labios. Él ya le había dejado claro que no la consideraba atractiva, así que sus comentarios no podían ser más que un intento de reírse de ella.

Por otra parte, sin embargo, si había alimentado a camellos tozudos y polvorientos toda su vida, no podía haber mucha diferencia con alimentar a ese hombre. De forma involuntaria, posó los ojos en su cuerpo. Era difícil apreciar toda la magnificencia de su atractivo físico en esa postura, aunque era innegable su aura de poder y virilidad.

Luego, observó sus manos y la cuerda que lo ataba por la cintura al poste. A pesar de la sensación de amenaza que le producía, no podía hacerle nada estando amarrado de esa manera, caviló.

–Si te doy de comer, ¿comerás? –preguntó ella, levantando la barbilla con un estremecimiento de excitación.

El hombre arqueó una ceja.

–Vas a tener que acercarte más para averiguarlo.

Farah ignoró cómo se le aceleraba el pulso por sus palabras. Era mejor terminar cuanto antes. Según se decía, un hombre con el estómago lleno estaba mejor dispuesto que un hombre hambriento. Quizá, así sería más fácil de hacer que se atuviera a razones.

Además, ella quería demostrar algo. No se trataba más que de un juego de poder y no quería que él notara que la intimidaba. Tampoco lo hacía, exactamente, era solo precaución instintiva al acercarse a una bestia desconocida.

Apretando la mandíbula, Farah metió los dedos en el plato de carne. Cuando se acercó, el aroma del príncipe se mezcló con el de la comida. En vez de oler como un par de calcetines viejos, como hubiera sido de esperar, olía a hombre, a sudor y a calor.

Haciendo un esfuerzo para salir de su ensimismamiento, tomó una porción de arroz y carne y se inclinó hacia delante para acercárselo a la boca.

En esa posición, casi montada a horcajadas sobre él, Farah no pudo evitar imaginarse a los dos desnudos y entrelazados. Sonrojada, bajó la mirada. Hacía un año, había visto en una revista la foto de una mujer y un hombre en una postura sexual. Entonces, se había sentido azorada, pero nada comparable a como se sentía en ese momento. Siempre había creído que el sexo era un medio para procrear, no para el placer. Si así era, ¿por qué su fantasía había volado a aquella imagen de la revista? Se lo imaginó con tanta viveza que casi podía notar el musculoso cuerpo del príncipe debajo de ella, la presión de sus costillas en la cara interna de los muslos. Al instante, un húmedo calor le inundó la entrepierna.

Luchando por contener la reacción animal de su cuerpo, frunció el ceño al ver que el cautivo mantenía los labios firmemente apretados. Exasperada, levantó la vista a sus ojos, a punto de lanzarle toda clase de improperios, pero él eligió ese momento para meterse la comida y los dedos de ella en la boca.

En cuanto tuvo los dedos dentro, Zachim los recorrió con la lengua. Ella sintió su calor, su humedad, estremeciéndose al notar otra oleada de ardor líquido entre las piernas. Los pezones se le endurecieron. Nunca había experimentado nada parecido. Y no podía apartar los ojos de él.

Apenas consciente de su propia respiración entrecortada, se quedó hipnotizada por cómo él le chupaba y lamía los dedos, a pesar de que no sostenían ya comida alguna. Entonces, al darse cuenta de que estaba apoyada en él, con sus labios separados solo por escasos centímetros, se sonrojó y se echó hacia atrás.

Antes de que pudiera apartar la mano, sin embargo, él se la sujetó por la muñeca y le lamió entre dos dedos.

–Había quedado un resto ahí –murmuró el príncipe con voz ronca.

Después de acariciarla con la lengua, le dio un suave mordisco en la palma.

Farah dejó escapar un suave gemido. Él la sujetó de la cara, inclinándose hacia ella, que se hallaba en un delicioso estado de estupor. Sin embargo, en medio de su ensimismamiento, una voz de alarma resonó en su cabeza. Su mano... estaba...

¡Cielos! Farah posó los ojos en sus manos libres. De inmediato, intentó apartarse, dejando caer el plato de metal. Por desgracia, el hombre se lanzó sobre ella con la rapidez de un rayo y la tumbó antes de que pudiera defenderse.

Farah intentó gritar, pero él le torció el rostro contra el suelo y le cubrió la boca con la mano.

–No, no. No llames a la caballería todavía, preciosa.

Ella se revolvió bajo su cuerpo, sabiendo que era inútil intentar escapar. Era un hombre demasiado fuerte. Y parecía lleno de ira. Si no se hubiera dejado distraer por su masculinidad y sus propias hormonas, habría podido anticiparse al peligro, se reprendió a sí misma.

Retorciéndose, trató de llegar hasta la daga que llevaba oculta en la túnica. En el pasado, le había salvado la vida unas cuantas veces contra serpientes y escorpiones. Y ese hombre era el más peligroso de los predadores.

Como si le hubiera leído el pensamiento, el príncipe la sujetó de las muñecas y se las inmovilizó encima de la cabeza.

Irritada por la facilidad con que la manejaba, Farah

retorció las manos para arañarlo y, al menos, causarle algo de daño.

–Eso, aráñame, gatita. Yo te arañaré a ti –le susurró él al oído.

Tras una breve pausa ante su amenaza, ella le dio una patada con todas sus fuerzas en la espinilla, arañándole las muñecas al mismo tiempo.

–¡Maldición! –exclamó él, sujetándole las manos con más fuerza e inmovilizándole las piernas con una de las suyas–. Sigue mis instrucciones y no te haré daño –prometió.

¡Quién iba a creérselo! Su familia llevaba siglos haciendo daño a la gente de Bakaan. La tiranía le corría por las venas, igual que la sangre que acababa de hacerle con su arañazo.

–Diablos, estate quieta –ordenó él.

Su tono rudo la obligó a dejar de retorcerse. Con un rápido movimiento, la puso boca abajo y le ató las manos a la espalda.

Con los ojos y la nariz llenos de arena, Farah volvió la cara para no asfixiarse. Fue entonces cuando notó que le estaba tocando el trasero. El miedo la dejó paralizada. ¿No iría a...?

–Tranquila, gatita salvaje –le susurró él, al mismo tiempo que le ponía pegada a la cara su propia daga–. Qué daga tan bonita. Me habría venido bien hace un par de días. ¿Acaso sabes cómo usarlo?

Si quería, podía demostrárselo, pensó Farah, mirándolo con desprecio. Aunque no podía hablar mientras él le tapaba la boca, podía intentar emitir algún sonido, pensó. Tenía que haber un guardia cerca y, seguramente, la oiría.

Retorciéndose, gritó detrás de su mano. De inmediato, él le tapó la nariz. A pesar de sus esfuerzos, ella no fue capaz de liberarse y cada vez le quedaba menos aire en los pulmones.

—Vamos a hacerlo así. Yo apartaré la mano de tu boca y tú te quedarás callada —ordenó él cuando, por fin, ella se quedó exhausta de tanto forcejear.

De ninguna manera iba a obedecerle, se dijo Farah.

—Si no lo haces, el centinela de ahí fuera entrará y me veré obligado a matarlo con tu daga.

Entonces, ella se quedó inmóvil de miedo. Una cosa era arriesgar su propia vida y otra muy distinta poner en peligro a otra persona.

El príncipe la levantó con brusquedad.

—Asiente si vas a hacer lo que te digo.

Capítulo 4

DURANTE un momento, Zachim pensó que iba a tener que noquearla de un golpe, pero no quería hacerlo. Para salir del campamento, necesitaba que ella lo guiara hacia los caballos sin atraer demasiada atención.

Por suerte, la mujer ignoraba lo indispensable que le era para su huida y asintió. Despacio, él apartó la mano. Ella apretó los labios, como si la hubiera lastimado. Era probable que así hubiera sido. Había luchado como un gato salvaje y había tenido que usar la fuerza para doblegarla. Era sorprendente lo fuerte que podía ser una criatura tan esbelta y suave. Y su cara... Era muy bella. Al mirarla, sentía deseos de sumergirse en sus preciosos ojos marrones. Una tez suave y unos carnosos labios completaban la imagen.

Durante el forcejeo, se le había caído el *keffiyeh* que le había cubierto la cara. Tenía la barbilla levantada en un gesto desafiante, como si tuviera ganas de mandarle al diablo. Sin embargo, él ansiaba volver a escuchar el dulce gemido que había escapado de su boca cuando le había lamido los dedos.

«Mal momento para tener una erección, príncipe», se dijo Zachim.

—¿Escondes más armas, mi pequeña zenobia? —preguntó él, quitándole la cuerda de las muñecas.

Aun en la oscuridad de la tienda, Zachim podía adivinar su furia.

–¡A ti te lo voy a decir!

–Si no lo haces, tendré que registrarte.

–¡No! –exclamó ella al instante–. No tengo.

Él contuvo la risa ante su respuesta desesperada y se preguntó si ella le tenía miedo o si, más bien, temía la inesperada química que había surgido entre los dos.

–Vamos.

–No voy a ninguna parte contigo –le espetó ella, clavándose al suelo.

–Sí vendrás. Vas a sacarme de aquí y me llevarás donde están los caballos. Si alguien nos detiene, les dirás que me llevas ante tu padre. Me conducirás tirando de esta cuerda y fingiremos que llevo las manos atadas.

En el silencio que se hizo a continuación, Zachim casi podía oírla pensar, debatiéndose por encontrar una alternativa. Para demostrarle quién estaba al mando, la agarró del trasero y la apretó contra su cuerpo. No podía dejarla marchar, al menos, hasta que hubieran llegado a los caballos.

–Da la alarma y mataré a cualquiera que se acerque.

La temperatura del desierto ya había bajado y el viento cada vez golpeaba con más fuerza las paredes de la tienda. Zachim no tenía ni idea de lo alejado que estaba el campamento de Mohamed Hajjar de la civilización, pero intuía que la noche iba a ser larga.

Se inclinó para tomar un pedazo de cuerda, que se colocó alrededor de las muñecas. En medio de la oscuridad, habría que acercarse mucho para darse cuenta de que no estaba atado de verdad. Solo tenía que llegar hasta los caballos. Por supuesto, hubiera preferido tener un vehículo todoterreno, pero en tres días que llevaba preso no había escuchado ningún motor alrededor.

–Bien, mi pequeña reina guerrera, vamos.

–No soy nada tuyo –protestó ella, sin querer mirarlo.

Sin embargo, Zachim percibió que le temblaban los

labios. A pesar de su fingida entereza, ella le tenía miedo. Era mejor así, a pesar de que él nunca había lastimado a una mujer en su vida. Aunque también era cierto que nunca antes le habían dado razón para ello. Las mujeres lo amaban y él las amaba a ellas. Esa era una clase de relación mucho más agradable que la que tenía entre manos.

–Muévete –ordenó él y, tomándola de las manos, la apuntó con la daga por la cara interna del brazo–. Despacio.

Cuando ella levantó la puerta de la tienda, Zachim respiró aliviado al no ver a su novio cerca.

El centinela sí estaba allí, sin embargo, y se acercó de inmediato. Le preguntó a Farah si todo iba bien. Cuando ella titubeó, el príncipe le apretó la afilada daga contra la muñeca.

–Todo bien –mintió ella, entre dientes.

–Tendrás que mejorar tus dotes de interpretación, pero por ahora pueden pasar –le susurró Zachim al oído. Al hacerlo, se encogió cuando un desagradable olor a camello lo envolvió.

–No puedes escapar. Se acerca una tormenta.

Él ya había intuido la tormenta. Al recorrer el campamento con la mirada, comprobó que la mayoría de los hombres estaban comiendo alrededor de las hogueras, o asegurando las tiendas contra el viento creciente.

–Lo sé. Eso me ayudará.

Ella se detuvo de golpe.

–No voy a hacerlo.

–Tu padre llorará tu muerte, sin duda.

–No vas a matarme.

Zachim se apretó contra ella por detrás.

–No subestimes lo que soy capaz de hacer. ¿Has olvidado quién era mi padre?

–Cerdo –le espetó ella y escupió al suelo.

«Exactamente», pensó él.

—Me alegro de que nos entendamos. Ahora, camina y, con suerte, ninguno de tus hombres morirá.

Farah se echó hacia atrás los mechones de pelo que se le habían soltado en el forcejeo. Sin duda, aquello no haría más que confirmar la opinión de su padre acerca de las mujeres. En ese momento, hasta ella estaba de acuerdo en que hubiera sido mejor quedarse en casa. Su estupidez era lo que le había colocado en esa posición.

—No te sientas mal por ayudarme a escapar —le susurró el príncipe, como si le hubiera leído el pensamiento—. Si hubieras sido cualquiera de estos hombres, habría tenido que matarte.

Ese pensamiento no consiguió consolar a Farah. Había cometido un error que no sabía cómo solucionar. En vez de arreglar las cosas como había pretendido, no había conseguido más que agravarlas.

Mientras el frío viento le golpeaba en la cara, Farah esperó que alguno de los hombres que los rodeaban notara que algo iba mal. Pero, aparte de echarles una mirada por encima, no le hicieron más preguntas. Confiaban en ella. E iba a defraudarlos, pensó con los ojos húmedos de rabia.

—Párate aquí.

Al escuchar las palabras en voz baja del príncipe, Farah se dio cuenta de que ya habían llegado hasta los caballos. Como si hubiera sentido su presencia, el suyo se acercó.

—Por Alá, qué grande es —murmuró el príncipe con gesto apreciativo.

El animal se acercó a su dueña, buscando su caricia.

—¿Es tuyo?

Por su tono de voz, ella adivinó que iba a robárselo. Empujó a Rayo de Luna del hocico para apartarlo.

Al mismo tiempo, un grito resonó al otro lado del campamento. Amir la llamaba.

Los gritos cada vez se acercaban más, junto a las pisadas de los hombres de su padre corriendo en la arena. El príncipe dejó de fingir que estaba atado y, antes de que Farah pudiera hacer nada, la tomó de la cintura y la levantó en el aire. Durante una milésima de segundo, sus miradas se encontraron y ella pudo percibir un brillo de indecisión en la suya. Pero solo duró un instante. Al momento, siguiente, la sentó sobre Rayo de Luna, saltó detrás de ella a la grupa y azuzó al resto de los caballos, haciéndolos salir del recinto en el que estaban.

En un abrir y cerrar de ojos, Rayo de Luna corría a todo galope. Lo único que Farah pudo hacer fue agarrarse a sus crines, mientras el príncipe la rodeaba por detrás para tomar las riendas, guiándolos a la noche oscura del desierto.

Horas después, mojados, sucios y agotados, pararon para dejar descansar al caballo. Farah se hubiera caído de su grupa si no hubiera sido porque Zachim la sujetaba con fuerza de la cintura, pegándose contra ella con su torso desnudo.

Unas horas antes, cuando la tormenta los había sorprendido, el príncipe se había detenido un momento, se había quitado la camiseta y la había atado alrededor de los ojos y el hocico del caballo, para protegerlo de la arena. Luego, le había cortado a Farah un pedazo de la parte inferior de la túnica y lo había rasgado en dos, para protegerse ambos las caras.

Magullada, con arena en cada milímetro del cuerpo mojado y frío, Farah levantó la mirada y vio con alivio que habían parado ante una cueva donde guarecerse.

El príncipe se bajó y tiró de ella sin ceremonias para

conducirla, junto con el caballo, al refugio. Era un hueco muy pequeño, pero por suerte su entrada estaba de espaldas al viento.

Despacio, Farah se quitó el arreglo que él le había hecho para cubrirse la cara. Intentó sacudirse la arena del cuerpo, pero estaba tan mojada que era imposible. Así que se volvió hacia Rayo de Luna para masajearle las patas agarrotadas. Detrás de ella, oyó que su raptor sacudía algo de ropa y pensó que le habría quitado al caballo la camiseta de la cabeza. Debía de tener el torso dolorido, después de haber cabalgado con la piel desnuda bajo la tormenta, pensó.

–Gracias –dijo ella.

–¿Por qué? –preguntó él detrás de ella, sobresaltándola con su cercanía en la oscuridad de la cueva.

–Por proteger a mi caballo.

–Si hubiera muerto, nosotros también.

De acuerdo, así que no lo había hecho por compasión, sino por su propio interés, se dijo ella. Justo cuando iba a apartarse, él la sujetó de la cintura.

Furiosa por que se tomara tantas libertades para tocarla, le empujó las manos con un grito de advertencia.

–Te he dicho que no llevo más armas.

–¿Dónde está tu móvil?

–¿Por qué iba a tener móvil? Nuestra aldea no tiene cobertura –repuso ella, sin poder evitar sentirse intimidada por su cercanía, su fuerza y su tamaño.

Zachim soltó una maldición y se apartó.

–Maldecir no te ayudará –repuso ella con una carcajada burlona–. Tú tienes la culpa, pues tu padre no quiso gastar dinero en infraestructuras para su país, sino solo en sí mismo –añadió, y se cubrió los brazos con las manos, tiritando de frío.

Ignorando su pulla, Zachim le quitó la manta al caballo.

–¿Qué estás haciendo?

–Tú la necesitas más que él.

–Se va a quedar helado.

–No. Tiene una gruesa capa de pelo y está prácticamente seco. Nosotros no.

Farah no pudo reprimir otro escalofrío. El viento soplaba en la boca de la cueva. Demasiado cansada para discutir, se dejó caer de rodillas al suelo.

–Estás demasiado cerca de la entrada. Ven aquí.

–Estoy bien.

–No ha sido una sugerencia –le susurró él, tan cerca que la hizo estremecerse.

–Estoy muy cansada para discutir –le espetó ella–. Déjame en paz.

–¿Como tu padre me dejó en paz a mí?

Farah cerró los ojos. No quería pensar que se encontraban en esa situación por culpa de la imprudencia de su padre.

–¡No te he dicho que estoy demasiado cansada para...! ¡Eh! ¿Qué haces? ¡Déjame en el suelo!

–Yo también estoy cansado. Estoy hambriento y enfadado, así que no pongas a prueba mi paciencia porque la perdí del todo cuando, hace tres días, tu padre se negó a liberarme. No ha tenido el valor de enfrentarse a mí cara a cara desde entonces.

–¡Mi padre no es un cobarde!

–¿No? –replicó él, dejándola en el suelo con suavidad–. ¿Así que justificas sus acciones? ¿Eres su cómplice?

Cuando Zachim se sentó a su lado, Farah se volvió de inmediato para alejarse, pero él la sujetó del brazo. Luego, la rodeó de la cintura con el otro brazo y la tumbó de lado. Él se tumbó detrás de ella, apretándose contra su espalda.

–¡No pienso dormir contigo!

El príncipe puso la manta sobre ellos.

–No. Vas a dormir a mi lado. Hay mucha diferencia, *habiba*. Y te aseguro que no estás invitada a lo primero.

Farah se incendió de rabia ante su arrogancia.

–Pero solo hay una manta –continuó él, apretándose todavía más contra ella–. Y, como no puedes parar de temblar, tenemos que compartir nuestro calor corporal. Relájate y todo será más fácil.

«¿Relajarse?». Farah no habría estado más tensa si la hubiera apuntado con una pistola a la cabeza. Hacía mucho tiempo que no estaba tan cerca de una persona y su contacto estaba empezando a jugarle malas pasadas.

–Esto no está bien.

–Pero secuestrar a tu príncipe sí está bien.

–¿Siempre tienes que decir la última palabra?

–¿Y tú?

Negándose a continuar la discusión, Farah se hizo un ovillo, tratando de poner distancia entre los dos. Era mejor fingir que él no estaba allí. Se imaginaría que estaba sola, en vez de entre los brazos del peor enemigo de su padre.

Al fin, se quedó dormida. Gracias a Alá. Cuando había dejado de temblar, había empezado a moverse delante de él, tratando de encontrar la postura. Zachim había tenido que ponerle una mano en la cadera para hacer que se estuviera quieta y dejara de frotarle el trasero contra su dolorosa erección. No había querido que ella supiera lo mucho que lo excitaba.

El príncipe sabía que su reacción solo se debía a que llevaba mucho tiempo sin estar con una mujer. Quizá, la sensación de peligro había agudizado sus sentidos también. Fuera lo que fuera, no pensaba rendirse al deseo. No era la clase de hombre que perdía la cabeza por nadie.

Suspirando, se intentó poner cómodo. La mujer gimió en sueños como un gatito con una pesadilla. Sin duda, tenía razones para estar asustada, pues le esperaba una pena de prisión de, al menos, veinte años. Entonces, ella se pegó un poco más a él, distrayéndolo de sus pensamientos. Por un momento, pensó en ponerle el brazo debajo de la cabeza, para que estuviera más cómoda, pero decidió no hacerlo. ¿Qué le importaba que la hija de su captor estuviera cómoda? Bueno, era cierto que ella le había dado de comer antes, pero... Diablos. Solo de recordar cómo le había metido los dedos en la boca, se encontró a sí mismo imaginando su cuerpo desnudo. Había percibido la excitación en sus ojos cuando le había lamido los dedos. Ella no había podido ocultar su deseo. Igual que el que le poseía a él. De nuevo.

Zachim se preguntó si sería la novia del arrogante soldado con el que había discutido. Era obvio que al otro hombre le gustaría. La tensión que había habido entre ambos había sido obvia. Aunque el soldado era, sin duda, un imbécil. Si ella hubiera sido su mujer, jamás la habría dejado sola en una situación peligrosa. Por suerte, sin embargo, no era su mujer.

La joven tiritó y se encogió un poco más. Debía de tener frío, adivinó el príncipe. Igual que él. Tenía frío, hambre y sentía los brazos y el torso en carne viva por cómo la arena y la lluvia lo habían castigado durante la tormenta.

Más le valía a Farah Hajjar no darle problemas por la mañana, porque estaba de muy mal humor.

Capítulo 5

DESPIERTA, Zenobia, es hora de ponerse en marcha.

Somnolienta, Farah abrió los ojos. El empujón que había sentido en el trasero había procedido del pie del príncipe. Apretó los dientes por cómo la llamaba con el nombre de una reina guerrera del imperio romano. Aunque, en realidad, sí era una guerrera y se lo demostraría.

—Si me devuelves mi daga, te daré lo mismo que Zenobia le dio a Probus.

Mientras se sentaba y se frotaba los ojos, notó que su captor la miraba sorprendido.

—Ah, lo siento. ¿Es que tengo que fingir ser una pueblerina inculta que no sabe tanto como su gran príncipe con título universitario?

—Dos títulos.

—Oh, disculpa.

—Entonces, ¿tienes estudios?

—Soy autodidacta, no gracias a la educación que tu familia prodiga entre los habitantes de su reino —le espetó ella con desprecio—. Pero, por mucho que tu padre intentó mantenernos ineducados, tenemos más recursos de lo que crees. Sobre todo, cuando...

Farah se interrumpió de golpe. Había estado a punto de contarle que alguien del gobierno estaba suministrando libros y medicinas de contrabando entre las tribus del desierto. De descubrirlo, el príncipe lo habría despedido o, tal vez, matado.

–¿Cuando qué? –preguntó él, afilando la mirada.

–Da igual. ¿Por qué me has dado una patada?

–No te he dado una patada. Ha sido un empujoncito –contestó él con voz sensual–. En tu fantasía, yo no sería Probus, sino Aurelio.

Aurelio había capturado a Zenobia y había terminado haciéndola reina. Ella dio un respingo ante su arrogancia.

–Eso te gustaría.

Cuando Zachim se paró delante de ella, Farah se quedó mirando sus botas polvorientas y el modo en que los vaqueros se le ajustaban a las piernas, largas y musculosas.

–Te he raptado, ¿no es así?

Molesta, Farah levantó la vista con gesto retador cuando, de pronto, algo negro y brillante se movió a su lado en el suelo. Ella gritó y el escorpión corrió a esconderse en un agujero.

–No te muevas –dijo Zachim, tras levantarla del suelo, sujetándola de los brazos. Buscó a su alrededor antes de soltarla–. Se ha ido.

Pero Farah sintió algo en el hombro y volvió a gritar.

–¡Hay más! ¡Hay más!

–No, no hay nada –dijo el príncipe, sujetándola de los brazos para calmarla–. Es tu imaginación.

–En mi pelo –gritó ella–. Están en mi pelo –repitió. Era uno de esos miedos irracionales que arrastraba de la infancia, desde que su madre había muerto.

Con un suspiro exagerado, el príncipe le apartó las manos de la cabeza y la obligó a volverse.

Los ojos de Zachim buscaron entre los mechones de pelo moreno enredado, largo, grueso y lleno de arena. Despacio, comprobó que no hubiera ningún arácnido.

–No hay nada.

–Sí. Puedo notarlo... –repitió ella y, temblando, se giró hacia él. Tenía los ojos mojados de lágrimas y el más puro terror se dibujaba en su rostro.

Sin poder contenerse, él sintió el impulso de protegerla y consolarla. Le apartó el pelo de la cara y se puso detrás de ella para deshacerle la trenza. Sin darse cuenta, se sorprendió a sí mismo contemplando la suave piel aceitunada de su cuello.

Recordándose a sí mismo que era la hija de su enemigo, intentó ignorar la sedosa textura del cabello, mientras se lo peinaba con los dedos. Su cuerpo respondió al instante con otra poderosa erección. Debería centrarse en volver a casa, no en salvar a su enemiga de los arácnidos del desierto.

Con brusquedad, la hizo girarse.

–No tienes nada.

Ella lo miró con sus ojos marrones y los labios entreabiertos.

El tiempo se detuvo mientras Zachim imaginaba hacerle toda clase de cosas a esos labios, empezando con la boca y terminando con... Se le erizó el vello. Y no fue lo único.

Maldición, se dijo el príncipe, dando un paso atrás.

Farah se quedó rígida, mientras su raptor agarraba las riendas de Rayo de Luna. Intentó quitarse de encima el estado letárgico que la había invadido cuando él la había tocado y había posado los ojos en su boca como si fuera un melocotón maduro y no pudiera esperar a hincarle los dientes. Durante un tenso momento, había creído que iba a besarla. Y le avergonzaba admitir que ella lo había deseado. ¿Cómo podía sentirse así con un hombre que debía evitar a toda costa?

–Necesita agua –señaló ella, mirando al caballo.

–Agua y comida –admitió él–. Pero no creo que podamos encontrar ninguna entre estos peñascos –añadió, dándole una palmada en el lomo al animal–. Es un caballo precioso. ¿Cómo se llama?

–Rayo de Luna.

Una cálida carcajada resonó en la cueva.

–Tendrías que haberlo castrado cuando le pusiste el nombre. Así le habría resultado más fácil cargar con algo así.

–Eres odioso.

–Cuando quiera tu opinión, te la pediré –indicó él con gesto serio. Acto seguido, entrelazó los dedos y le tendió las manos para ayudarla a subir–. Pon aquí el pie.

–¡No pienso ir contigo! –exclamó ella. «Debe de estar loco para creer que sí, el muy arrogante y odioso», pensó.

–Bien –repuso él, se enderezó y se montó de un salto en Rayo de Luna.

Un momento.

–¿Qué estás haciendo?

–Me voy.

–No en mi caballo –negó ella, agarrando las riendas. No podía dejarla allí, sin manera de volver a casa–. Maldición, ¿por qué has tenido que aparecer en mi vida?

–Yo me hago la misma pregunta. Ahora, sube o te dejaré aquí para que te coman los escorpiones.

Farah quiso mandarlo al diablo, pero sabía que no podía. Aún no.

–Esta vez, yo iré detrás –le comunicó ella. No pensaba dejar que cabalgara con sus brazos rodeándola otra vez.

–No me importa si quieres montar de cabeza. Ponte en marcha ya.

Era un error y ella lo sabía, pero no le quedaban muchas opciones. El príncipe había vuelto a envolverse el rostro con el pedazo de tela que le había arrancado de la túnica y, a pesar de que estaba sucio y desarreglado, tenía un aspecto imponente. Sin embargo, cuando sus miradas se encontraron, ella le lanzó todo el desprecio que pudo con los ojos.

Con gesto pétreo, él le tendió una mano y la subió a la silla como si pesara menos que una pluma.

Por desgracia, montar detrás de él no la hizo sentir mejor que ir delante, porque tenía que abrazarse con fuerza a sus caderas para no caerse.

Horas después, lograron llegar a una aldea, justo cuando Farah creía que iba a desvanecerse de hambre y agotamiento. Aquella tribu vivía muy lejos de la suya, por lo que debían de haber recorrido una larga distancia durante la noche.

Cuando Zachim se presentó como un hombre perdido en la tormenta con su criada, nadie puso en duda su versión.

¡Una criada!

Farah tuvo que morderse la lengua para no decir nada.

El jefe de la tribu les prometió que guardaría a Rayo de Luna hasta que volvieran y, después de tragarse una montaña de comida, el príncipe les pidió prestado un todoterreno y se puso en camino. Condujo durante toda la tarde y la noche, parando solo para echar alguna cabezada. Sin embargo, ella durmió durante todo el camino.

Cuando se despertó justo antes del amanecer, ante sus ojos se levantaba la ciudad de Bakaan. La había visitado una o dos veces de niña, pero había olvidado lo grande y poblada que estaba. Incluso tan temprano por la mañana, sus calles se encontraban llenas de coches, bicicletas, bueyes y una riada de personas. En lo alto de una colina, el palacio Shomas se alzaba con su fascinante belleza. Los guardias abrieron sus puertas cuando el príncipe se identificó.

–¿Qué pretendes hacer conmigo? –preguntó ella, haciendo un esfuerzo por ocultar el temor que sentía.

Ignorándola, Zachim condujo hasta los pies de las escaleras de mármol de la entrada. El patio donde estaban era también un hervidero de criados que iban de un lado para otro. Farah levantó la barbilla y le devolvió la mirada sin achicarse cuando el príncipe posó en ella sus ojos de león.

Ella esperaba que la dejara marchar. Rezó para que él quisiera olvidar todo lo sucedido.

–¿Y bien? ¿Vas a decirme algo o no?

–Sí, voy a decirte algo –repuso él con una sonrisa teñida de amargura–. Voy a usarte de anzuelo.

Furiosa, Farah intentó resistirse cuando el príncipe la arrastró por los largos y opulentos pasillos, pero fue en vano. Los criados que se encontraban a su paso se inclinaban ante ellos y no mostraban signos de extrañeza al ver a su señor tirando del brazo de una mujer.

El interior de palacio era todavía más grandioso que el exterior. Farah no pudo evitar admirar embelesada los techos abovedados con artesonado en tonos azules, verdes y dorados. El sol que entraba por las altas ventanas adinteladas se reflejaba con fuerza en el suelo de mármol.

Saliendo de su momentáneo ensimismamiento, se paró en seco.

–No puedes hacer esto.

Por supuesto, el príncipe no respondió a su protesta. Aunque se detuvo delante de una gigantesca puerta de madera tallada. Ignorando a su prisionera, se volvió hacia los dos guardias que los habían seguido.

–No quiero que entre ni salga nadie, ¿entendido?

–Sí, Alteza –respondieron los guardias al unísono.

–No dejaré que me utilices de esa manera –advirtió ella, mientras la empujaba hacia la habitación.

Como única respuesta, Zachim soltó una arrogante carcajada.

–No tienes razón para detenerme.

Entonces, él se volvió y la miró con gesto amenazador.

–No necesito una razón.

–Ya. Tu palabra es la ley, ¿no?

–Eso es –repuso él, colocándose frente a ella para mirarla a los ojos–. Ojo por ojo y diente por diente. ¿No es eso lo que dice tu padre?

Por desgracia, su padre se aferraba a aquella cínica visión del mundo, sí. Pero Farah, no.

Entonces, el príncipe habló con una criada que había entrado en la habitación tras ellos. Cuando Farah aprovechó para mirar a su alrededor, soltó un grito sofocado.

–Oh... ¿Es esto el harén?

–¿Cómo lo has adivinado? –replicó Zachim con tono burlón–. ¿Por los querubines pintados en las paredes o por la gran bañera de mármol en el centro de la sala?

–No voy a quedarme aquí.

–¿No? Tengo que admitir que la decoración es un poco antigua, pero pienso reformarlo pronto. Quizá te guste más entonces –comentó él con tono insolente arqueando una ceja.

–No me quedaré lo bastante como para verlo.

–No estés tan segura –dijo él, y se tapó la nariz–. Asegúrate de que se bañe –ordenó a la criada.

Farah le lanzó puñales con la mirada. Si creía que

iba a poder tratarla como a una marioneta, se equivocaba. No iba a quedarse en aquella horrible habitación esperando a que su padre fuera a buscarla. Si podía escapar, lo haría.

Su silencio debió de delatar sus pensamientos, porque el príncipe esbozó una socarrona sonrisa.

—Casi puedo oírte pensar. Si se te ha ocurrido intentar escapar, no te lo aconsejo.

Ella levantó la barbilla. Él se había acercado y sus rostros estaban separados solo por escasos centímetros. Era imposible no darse cuenta de que el príncipe tenía los ojos clavados en sus labios. Durante un instante, creyó que iba a besarla y se quedó sin respiración. Pero Zachim dio un paso atrás. Lentamente.

Rabiosa por haberse quedado esperando, en vez de haberlo apartado ella misma, Farah le lanzó una mirada de odio.

—Es una suerte que no tenga que seguir tus consejos.

A cambio, recibió una fría mirada, como si él adivinara lo que la hacía sentir.

—Inténtalo y verás lo que pasa.

Claro que Farah iba a intentarlo. Quería hacer eso y mucho más. Para su frustración, su temperatura no dejó de subir cuando él llegó a la puerta, se giró y la contempló de arriba abajo.

—Y quema esa ropa que lleva —ordenó a la criada—. No hay jabón en el mundo que pueda quitar ese olor.

Al salir de la habitación, Zachim se preguntaba qué iba a hacer con esa gata salvaje, pues sabía que iba a darle más problemas que otra cosa, cuando Staph corrió a su encuentro.

—Alteza, me he enterado de que ha vuelto. Estábamos muy preocupados.

Zachim hizo una mueca. Necesitaba bañarse, cambiarse de ropa y encontrar a su hermano, en ese orden.

–Ya he vuelto –dijo él, dirigiéndose hacia sus aposentos–. ¿Dónde está Nadir?

–Preparando su boda.

El príncipe se quedó petrificado.

–¿Su qué?

–Su boda, Alteza. Se casa con su amante, Imogen, hoy.

¡Ese mismo día!

Bueno, eso explicaba la extraordinaria actividad que había encontrado en palacio.

Olvidándose de la ducha, Zachim cambió de rumbo para buscar a su hermano. Al fin, lo halló con un pequeño bebé en brazos que debía de ser su hija. Al verlo, se quedó pensativo un momento. ¿Cómo era posible que su hermano estuviera disfrutando de una familia, lo que siempre había querido él para sí mismo, mientras él solo podía pensar en acostarse con una mujer por completo inapropiada? La ironía de la situación era evidente. Intentó recordar el rostro de Amy y el reciente mensaje que ella le había enviado, pero era la cara de Farah Hajjar lo único que tenía en la cabeza.

–¿Dónde diablos has estado? –le regañó Nadir–. Tienes que explicar muchas cosas.

–¿Ah, sí? –replicó Zachim, arqueando una ceja–. Gracias por preocuparte por rescatarme.

Su hermano frunció el ceño.

–Tienes un aspecto horrible. ¿Qué te ha pasado?

No era momento para entrar en detalles, así que Zachim se encogió de hombros.

–En resumen, te diré que tuve un encuentro desagradable con una de las tribus rebeldes de las montañas.

–Vaya. Yo pensaba que te habías fugado con una mujer.

Zachim se rio, aunque no pudo evitar recordar cómo Farah lo había agarrado de la cintura cuando habían recorrido el desierto a caballo. Le había sorprendido la fuerza de sus brazos y la embriagadora sensación de notar sus pequeños pechos en la espalda.

—Supongo que, técnicamente, es lo que he hecho. Aunque más que una mujer, parece una gata salvaje. Acabo de encerrarla en el harén.

Nadir arqueó las cejas, sin dar crédito a lo que oía.

—No es la situación más conveniente para el día de tu boda, pero la verdad es que ignoraba que fueras a casarte.

Nadir se quedó mirándolo como si su hermano se hubiera vuelto loco.

—¿Tienes a una mujer encerrada en el harén?

—A Farah Hajjar, para ser exactos.

—¡La hija de Mohamed Hajjar!

—La misma.

Nadir maldijo.

—Hajjar te cortará la cabeza por eso.

—Ya ha estado a punto de hacerlo.

—Por todos los diablos... —comenzó a decir Nadir—. ¿No te habrás comprometido con ella?

Zachim soltó una risa cínica.

—No lo haría ni aunque estuviera loco. ¿Ese bebé que tienes en brazos es mi sobrina?

—Estás cambiando de tema.

—Sí —dijo Zachim con una sonrisa—. Es muy guapa.

—Lo sé —repuso Nadir, y meneó la cabeza—. No tengo tiempo para entrar en más detalles. ¿Estás bien?

—No gracias a ti —protestó Zachim.

—Eso te enseñará a no desaparecer sin avisar —replicó su hermano mayor con tono de reprimenda.

—Ven a charlar conmigo cuando me adecente un poco —lo invitó Zachim, sonriente.

–No puedo.

–¿Por qué? Faltan horas para la boda.

–Sí, pero... –dijo Nadir con aire distraído–. Toma, sostén a tu sobrina e id conociéndoos.

Nadir le entregó a la pequeña de ojos grandes, que de inmediato se acurrucó en los brazos de su tío.

Al ver la expresión de su hermano, Zachim se rio.

–Eh, no te sorprendas tanto. Los niños me gustan mucho. Son como los caballos y las mujeres... Debes sostenerlos con cuidado y no hacer nada para enfadarlos. ¿No es así, *habibti?*

Entonces, Zachim pensó en la mujer que acababa de dejar en el harén. No la había tratado con mucho cuidado. Lo cierto era que no había estado de humor para hacerlo. Ella parecía más un hurón que una mujer... a excepción de esos pechos y esos labios tan jugosos.

–No dejes que se lastime con tu barba. Si llora, llévasela a Maab.

Zachim sonrió a su sobrina, que estaba tocándole el rostro.

–¿Dónde vas a estar? –preguntó el príncipe a su hermano, pero Nadir ya estaba saliendo por la puerta. Estuvo a punto de advertirle que daba mala suerte ver a la novia el día de la boda, pero lo dejó estar.

La niña lo miró con los ojos muy abiertos, un poco asustada por haberse quedado con un extraño. Pero él no se acobardó y le dedicó una sonrisa tranquilizadora. Si las mujeres y los caballos lo adoraban, ¿por qué no iba a hacerlo un bebé?

–Así que tus padres van a casarse, pequeña. Un gran paso. ¿Estás contenta?

La niña se rio cuando su tío le acarició la cara.

–Genial. Entonces, yo también lo estoy.

Después de un rato, cuando la pequeña empezó a inquietarse, Zachim se la llevó a Maab.

–Creo que tiene hambre.

La vieja cuidadora sonrió, tomó a la pequeña en sus brazos y arrugó la nariz al oler al príncipe.

–Lo sé, lo sé. Tengo que bañarme –dijo él. También necesitaba comer.

En sus aposentos, ordenó que le sirvieran la comida después de que se diera la ducha. Se preguntó si la gata salvaje tendría hambre. Como había dicho su hermano, no era muy apropiado tener a una mujer prisionera en el harén. Lo cierto era que no tenía un plan, ni sabía qué iba a hacer con ella, pero lo pensaría en otro momento. Desde luego, no pensaba avisar a la policía y, menos, en el día de la boda de su hermano.

No, Farah iba a tener que esperar. Él no tenía nada en su contra, era su padre quien lo había afrentado. Sin duda, el viejo se pondría furioso por que la hubiera raptado. Pero, si Mohamed aceptaba entregarse, la liberaría.

«Ojo por ojo».

Esa había sido la forma de pensar de su padre, no la suya. Sin embargo, estaba tan furioso que no le importaba. Haber estado preso durante tres días y haber tenido que cruzar el desierto bajo una tormenta había hecho que su lógica racional se disipara. Tampoco era nada racional su deseo de ponerle las manos encima a la hija de Mohamed Hajjar. Sin poder evitarlo, se preguntó cómo olería después del baño. Una excitante fantasía invadió su mente. Los dos desnudos y mojados, mientras él la devoraba.

Por Alá, esa mujer no era su tipo.

Bajo la ducha, Zachim caviló que, quizá, podía encontrar a una mujer que lo acompañara a la boda. Con suerte, habría alguna europea entre las invitadas, pensó. Tal vez, conocería a alguien que quisiera compartir una noche de pasión. Él sabía que podía complacer a cualquier mujer. Con treinta y dos años, disfrutaba de una libido muy saludable. Aunque la había dejado desatendida demasiado tiempo. Su reciente celibato era lo único que podía explicar tanta obsesión por Farah Hajjar.

Zachim cerró la ducha y se sacudió el pelo. No iba a volver a ver a Farah nunca más cuando todo aquello acabara. Y eso era bueno, se dijo, mientras se vestía y se concentraba en la boda de su hermano.

Cuando estaba vestido y preparado, Staph llamó a la puerta.

–¡Príncipe Zachim! –gritó Staph, asomándose a la puerta con desesperación–. Tiene que venir enseguida. ¡La mujer del harén ha desaparecido!

–¿Desaparecido? –preguntó Zachim, paralizado–. Es imposible. He dejado a dos de mis mejores guardias en la puerta.

–Sí, señor. No podemos encontrarla –repuso el anciano criado, jadeante.

Perplejo, Zachim soltó una retahíla de maldiciones y se dirigió al harén.

Capítulo 6

FARAH se detuvo dentro de una puerta oculta en las sombras para tomar aliento y decidir qué camino seguir en aquel laberinto de calles y edificios. Al principio, había creído que no era posible escapar, pero al final había sido muy fácil.

Un albañil se había olvidado una escalera extensible en el jardín, lo que le había bastado para escalar el muro del palacio. Además, los preparativos de alguna celebración la habían ayudado a camuflarse entre tantos criados.

Observando la posición del sol, decidió dirigirse al norte y comenzó a caminar en zigzag entre el mar de cuerpos que la rodeaban.

Mirando a la derecha y a la izquierda, corrió por un pequeño callejón con altos edificios a los lados y llegó a una pequeña plaza. Se tapó la cara con el pañuelo que llevaba en la cabeza y aceleró el paso, mientras la asaltaba un mal presentimiento.

–Una tarde muy calurosa para salir a pasear, señorita Hajjar –dijo una profunda voz masculina.

Al volverse, Farah reconoció al príncipe esperándola en el callejón.

–Yo prefiero quedarme en casa en las horas de calor.

¡La había encontrado! ¿Cómo era posible? Farah estaba segura de que nadie la había visto irse. A la criada, le había dicho que iba a dormir. Frustrada, contempló cómo él la miraba con ademán tranquilo, como si fueran dos viejos amigos que se hubieran encontrado por casualidad. Sin embargo, eran acérrimos enemigos y ella no lo olvidaría por muy seductora que fuera su boca, sobre todo, después de haberse duchado y afeitado.

¡Por Alá, qué guapo estaba!

Algo se incendió entre las piernas de Farah, al mismo tiempo que se le aceleraba la respiración. Aquel hombre despertaba cosas dentro de ella a las que prefería no poner nombre.

Él estaba vestido con una túnica negra y, a pesar de estar limpio y aseado, no parecía más civilizado que en el desierto. Era el arquetipo del poder masculino y la atraía como el mismo diablo.

Furiosa, ella sacó la espada que había llevado escondida en los pliegues de la túnica.

—Un paso más y lo lamentarás.

—¿No me digas? —replicó él, arqueando una ceja en un gesto burlón.

Su insolencia era insultante. Farah sabía que no podía vencerlo en combate, era demasiado alto y demasiado fuerte. Sin embargo, quizá pudiera hacerlo retroceder un momento, lo justo para salir corriendo y desaparecer entre las callejuelas.

En cualquier caso, no pensaba rendirse.

—Deja la espada, Farah —ordenó él con suavidad.

Ella movió los dedos en la empuñadura. La forma en que pronunciaba su nombre con esa voz tan viril y sensual le hacía subir de temperatura.

—No.

—Creía que eras lista, mi pequeña Zenobia. ¿Es que vas a demostrarme que me equivocaba?

Farah se había entrenado para la lucha con algunos de los hombres de su padre, hasta que Mohamed se lo había prohibido. Pronto le quitaría las ganas de reírse.

–He escapado, ¿no es así? –le espetó ella con fiereza.

Él apretó la mandíbula. Bien. Un hombre furioso cometía más errores que si estaba tranquilo, se dijo ella.

–Mis guardias te han encontrado –dijo él, posando los ojos en el filo de su espada.

–Tus guardias son unos inútiles. Dudo que pudieran encontrar un grano de arena en el desierto. Tal vez les falta entrenamiento.

Cuando Zachim volvió a apretar la mandíbula, ella estuvo a punto de sonreír al comprobar lo fácilmente que podía enojarlo. Él había tenido suerte cuando la había atrapado en el campamento. Pero, en esa ocasión, no sería tan afortunado.

–No es buena idea provocar a un león furioso –advirtió él con voz ronca.

Un escalofrío recorrió a Farah ante su amenaza.

–Si es verdad que tus hombres me han localizado, ¿por qué no me han arrestado?

–Les ordené que no lo hicieran.

–¿Por qué? –preguntó ella, poniéndose tensa al ver que él comenzaba a acercarse.

Farah se preguntó por qué la plaza que tenía a sus espaldas estaba tan silenciosa, aunque no apartó los ojos del príncipe. En ese momento, nada era más peligroso que ese hombre. Levantó la espada, preparándose para la lucha.

–¿Temías que les hiciera daño?

–No –negó él, rodeándola por la derecha–. Temía que te hicieran daño ellos a ti –añadió–. Deja la espada. No puedes ganar esta batalla.

Ella no dijo nada. Por el rabillo del ojo, captó movimiento en la azotea del edificio que tenía al lado. Así que no estaban solos.

–¿Necesitas ayuda para desarmar a una mujer, príncipe Zachim? –se burló Farah.

–Creo que ya he demostrado que no, gatita.

–¡Ja! Solo fue suerte. Me pillaste desprevenida.

–¿De veras? –repuso él, y posó los ojos en sus labios, como si supiera exactamente qué era lo que la había distraído la primera vez–. ¿Y quién dice que no volverá a pasar?

–Yo –afirmó ella, sintiéndose humillada por la atracción que no podía evitar hacia él–. Sé que llevas una espada encima. Sácala o quítate de mi camino.

–No voy a luchar contigo.

–¿Tienes miedo?

Él sonrió.

–Déjalo. Los dos sabemos que no puedes vencerme.

Farah contuvo la respiración. Le fastidiaba que él estuviera tan seguro de sí mismo. Con todas sus fuerzas, deseó poder hacer que el gran príncipe de Bakaan se inclinara ante ella.

–Puedo hacerte correr –amenazó ella y esgrimió la espada en el aire, probando su peso y su equilibrio.

–Me gustaría verlo –respondió él con una sonrisa.

Entonces, moviéndose con una velocidad increíble, Zachim desenvainó su espada.

Sin titubear, ella cargó contra él. Los metales chocaron y resonaron en el callejón. Al fin, la adrenalina del combate le había permitido romper con el miedo y la tensión que había sentido antes. Se concentró en buscar un punto débil en su adversario, pero no encontró ninguno.

–Para, Farah –ordenó él, quitándose el sudor de la frente con la manga.

Como respuesta, ella volvió a arremeter contra su enemigo. Espada contra espada, siguieron luchando hasta que, de pronto, se oyó el sonido de ropa rasgada.

Los dos se quedaron inmóviles. Horrorizada, Farah vio cómo la sangre comenzaba a caerle al príncipe de la manga.

Oh, por Alá... Ella no había querido hacerle daño. Con ojos asustados, lo miró un momento a la cara, antes de soltar su espada y salir corriendo por un callejón.

El sudor y el miedo le quitaban agilidad. Cuando una mano la agarró del pañuelo de la cabeza, gritó con todas sus fuerzas. Por suerte, el pañuelo cayó y ella siguió huyendo.

El sonido de sus pisadas le avisaba de lo cerca que la seguía el príncipe, hasta que la agarró del brazo y la hizo volverse de golpe.

Llena de verdadero terror, Farah luchó contra él con todas sus fuerzas. Sin embargo, Zachim solo tardó un segundo en inmovilizarla con la cara pegada contra una puerta, las manos sobre la cabeza y las piernas abiertas, atrapadas por las de él.

Zachim intentó recuperar el aliento mientras la sujetaba contra la puerta. El corte le dolía, pero no era grave, pues ella había retrocedido en el último momento. Debería haberla desarmado desde el principio, se dijo. Pero había disfrutado mucho del combate. Era buena con la espada, sí. No tanto como él, aunque le llenaba de vida y excitación combatir con ella. Era lo mismo que había sentido cuando habían galopado juntos por el desierto. Hacía mucho tiempo que no se había sentido tan vivo. Tal vez, sería por lo peligrosa que era la mujer que tenía delante.

Como si hubiera notado que estaba perdido en sus pensamientos, Farah hizo amago de liberarse y él la apretó con más fuerza contra la puerta. Entonces, se le ocurrió que podía tener más armas. Tenía que registrarla antes de soltarla. Sin querer, se imaginó a sí mismo recorriéndole el cuerpo con las manos, quitándole las ropas poco a poco. Y experimentó una erección. Por alguna razón, su cuerpo actuaba por su cuenta cuando estaba cerca de ella, se dijo, maldiciendo para sus adentros. Por lo general, solía sentirse atraído por mujeres que le correspondían. Y ese no era el caso.

Zachim tuvo la tentación de apoyar su erección contra el redondeado trasero de su adversaria. Sería muy agradable, pensó. Y, si flexionaba las piernas un poco, podía anidar entre sus muslos.

Con una erección que no hacía más que crecer, el príncipe inspiró su aroma. Aprovechando el momento, la gatita salvaje le dio una patada y se soltó una mano.

Debía controlar sus fantasías, se reprendió Zachim a sí mismo, sujetándola de nuevo.

—Te habría ido mejor si hubieras usado tu ágil cuerpecito para darme placer, en vez de para luchar conmigo.

Una mezcla de miedo y furia brilló en los ojos marrones de Farah. Pero Zachim adivinó en ellos algo más. ¿Deseo?, se preguntó. ¿Qué haría ella si la besaba con pasión hasta hacer que le rogara poseerla?

—Preferiría quemarme con aceite hirviendo antes que tener que seducirte —le espetó ella.

Por lo general, a Zachim no le costaba controlar sus emociones. Pero esa mujer podía hacer que un monje olvidara sus votos de celibato.

—Mentirosa.

Antes de que pudiera pensar si era correcto o no, el príncipe la tomó entre sus brazos y la besó sin piedad. No paró, por mucho que ella se retorció y luchó por soltarse.

La chispa que había entre ellos se había encendido cuando Farah le había metido los dedos en la boca o, tal vez, antes. Más allá de la lógica y la razón, lo único que quería era someterla, tener sus largas piernas alrededor de las caderas y poseerla hasta hacerla olvidar incluso su propio nombre.

Cuando ella gimió como si le estuviera haciendo

daño, Zachim levantó la cabeza por fin. Su prisionera tenía las mejillas sonrosadas y mechones de pelo en la cara. Tenía los labios hinchados y húmedos y, con cada jadeo de su respiración, aplastaba los pechos contra el torso de él.

Conmocionado por su propia reacción, Zachim pensó en soltarla en ese mismo instante. Pero cambió de idea cuando ella sacó la lengua y se lamió los labios, donde la había besado. Entonces, se dio cuenta de que ya no forcejeaba para liberarse, sino que le miraba la boca pidiéndole más.

Con un gemido desesperado, él inclinó la cabeza y volvió a besarla, en esa ocasión, con más suavidad. Quería tomarse su tiempo para saborearla, sentir su textura y su sabor. Cuando ella levantó la cara, entregándose al beso, él se excitó todavía más. Nunca había experimentado algo tan íntimo, tan delicioso, se dijo, apretándose contra ella.

Farah ocultó los ojos bajo sus gruesas pestañas, como si aquello fuera demasiado, como si no pudiera resistirse a lo inevitable. Abrió más los labios, dándole la bienvenida a la lengua de su captor. Sin darse cuenta, él le soltó las manos y la agarró de la mandíbula, para poder sumergirse en su boca con más profundidad.

Al notar que ella se derretía en sus brazos y lo acariciaba tímidamente con la lengua, Zachim sintió que el resto del mundo desaparecía a su alrededor. Estremeciéndose, la joven soltó un suave gemido y se aferró a sus hombros. Él no podía dejar de tocarla por todas partes. Solo quería llegar debajo de su túnica para poder sentir el calor de su piel.

Vagamente, entonces, se dio cuenta de que no estaban solos. Un par de guardias que se habían apostado en la entrada del callejón estaban presenciando cómo le hacía el amor a su prisionera. No era un comportamiento modélico. En absoluto. Por eso, echando mano de toda su fuerza de voluntad, dio un paso atrás.

Cuando la soltó, Farah se cayó contra la puerta, con los ojos muy abiertos y los labios hinchados, húmedos. Estaba hermosa. Y parecía perpleja.

–¿Qué diablos ha pasado? –dijo él al fin, cuando consiguió recuperar un ápice de su cordura.

Un tumulto de emociones se dibujó en el rostro de Farah, entre ellas, el orgullo herido.

–Que me has forzado.

Él se sintió como si lo hubiera abofeteado. Su padre había sido un acosador, pero él no lo era. No la había forzado, pues ella había estado rogándole que la besara desde el primer momento en que se habían visto.

–Te he dado lo que querías. Si te atreves a negarlo, te desnudaré y te demostraré que es cierto.

–¡Oh!

Zachim le puso las manos en los hombros y la giró para que lo precediera.

–Considérate avisada.

«¡Oh!». ¿Eso era todo lo que se le había ocurrido decir después de que la hubiera besado con locura, para insultarla después?

En ese momento, a Farah se le ocurrían cientos de respuestas mejores, aunque era demasiado tarde.

Había vuelto a encerrarla en el harén, con dos guardias apostados en la puerta, por dentro.

Al oír el cerrojo, se giró hacia la entrada.

Era el príncipe, flanqueado por dos de las criadas que le había enviado antes.

–Veo que todavía llevas el brazo vendado –observó ella, sintiéndose un poco culpable por haberlo herido. Aunque se lo había merecido–. Qué pena.

–Sí. Gracias a ti –repuso él con gesto serio–. Veo que no has seguido mis instrucciones en cuanto a vestirte.

Farah se puso tensa ante su arrogante presencia. Ya no llevaba la túnica negra que le había dado el aspecto de un amenazador pirata, sino una blanca que realzaba el tono ámbar de sus ojos.

Todavía no se podía creer cómo había reaccionado a sus besos en el callejón, se dijo ella, apretando los puños para sacarse el recuerdo de la cabeza.

Nunca la habían besado antes de esa manera. Amir jamás lo había intentado siquiera. Solo la habían besado en una ocasión. Había sido un joven de la aldea vecina, carente de sentido común y sin miedo a su padre. Aquel beso había sido rápido y casto comparado con los del príncipe de Bakaan.

–Estoy vestida –dijo ella, sabiendo que Zachim se refería al vestido de seda púrpura que le habían llevado antes, el cual ni siquiera había tocado.

–Ya. Por desgracia, lo que llevas puesto no encajaría en la boda de mi hermano.

–¿Qué me importa a mí la boda de tu hermano?

–Nada. Es obvio. Pero dado tu reciente comportamiento, no quiero estar en la boda de mi hermano preocupado por lo que vas a hacer en mi ausencia.

Ella no pudo evitar alegrarse ante la idea de causarle molestias.

–Déjame con tus guardias. Seguro que encontraremos la forma de divertirnos.

–Sin duda –murmuró él–. Pero no quiero tener que castigar a más hombres míos.

–¿Tan peligrosa soy, príncipe?

–Más bien problemática, diría yo –replicó él con una sensual sonrisa.

–Mi padre no morderá el anzuelo, te lo advierto –rugió ella, rezando para que fuera cierto.

–Ya veremos.

¿Por qué parecía tan compuesto y tranquilo?, se preguntó Farah, apretando los dientes de rabia. Claro, no era su vida lo que estaba en juego.

–Mientras, Isla y Carine han venido para prepararte para que asistas conmigo a la fiesta.

Ella se dio cuenta, por primera vez, de que las criadas estaban cargadas con toallas, aceites y quién sabe qué más cosas.

–Y esta vez quiero que cooperes –continuó él, seguro de sí mismo.

–De ninguna manera...

–¿No quieres asistir a la boda? –la interrumpió él, contemplándola con la irritación con que miraría a un insecto molesto–. Sí, lo sé –dijo, y dio dos pasos más, añadiendo el espacio personal de su prisionera–. Pero lo harás. Y te comportarás bien.

Justo cuando iba a mandarlo al diablo, el príncipe meneó la cabeza despacio.

–También puedo encerrarte en una celda. O encadenarte a la cama. No me gustaría que estuvieras incómoda.

Farah dio un paso atrás, intimidada. Le costaba respirar teniéndolo tan cerca.

–Sería mejor que tener que aguantar tu compañía durante una fiesta.

Una de las criadas soltó un grito sofocado ante su atrevimiento. El príncipe achicó los ojos.

–Pero ¿quién ha dicho que ibas a estar sola en esa cama?

Un incontenible deseo se encendió dentro de Farah, mientras la cabeza se le llenaba de imágenes del príncipe desnudo y con una poderosa erección. Encima de ella. Dentro de ella. Sin duda, tenía que ser todo un espectáculo ver a aquel magnífico hombre desnudo.

–¿Y si me disculpo yo en nombre de mi padre? –sugirió ella al fin, lista para humillarse e inclinarse ante él con tal de librar a su padre de más problemas y volver a su vida de siempre–. ¿Y si, de alguna manera, arreglo lo que él hizo?

Zachim se recostó en el armario que tenía detrás.

–¿Qué tenías en mente, *habiba*?

Farah miró a las criadas.

–Podría trabajar para ti. Podría cocinar, o limpiar o...

–Ya tengo bastantes criados a mi servicio.

Farah se mordió el labio inferior.

–Podría... –comenzó a decir ella, intentando pensar en algo que ofrecerle–. Podría entrenar a tus caballos. Y a los camellos.

–Ya no hay camellos en palacio y mis caballos tienen muy buenos entrenadores.

–Maldición. ¿No hay nada que necesites?

El príncipe la recorrió de arriba abajo con la mirada, incendiándola por el camino.

–Continúa. Seguro que se te ocurre algo que sea agradable para los dos.

Ella frunció el ceño. ¿Se refería a...?

–¡Eso no! –gritó, notando que se ponía roja como el fuego–. ¡Nunca!

–Entonces, no tenemos nada de qué hablar –comentó él con tono de aburrimiento.

–Eres tan tirano como tu padre.

Furiosa, Farah se volvió para encerrarse en su dormitorio, cuando el príncipe la agarró del brazo.

–Maldición. Tu padre me tuvo atado durante tres días. Si crees que va a quedar impune, estás muy equivocada –le espetó él–. Ahora, vístete. Si vuelves a causarles problemas a estas mujeres, no seré tan comprensivo la próxima vez.

Ella tragó saliva, decidida a no delatar sus emociones. Esperó a que Zachim hubiera salido de la habitación y se volvió hacia las dos criadas, que la observaban con los ojos como platos.

–Me bañaré yo sola, ¿entendido?

–Sí, señora.

Capítulo 7

DEJA de retorcerte las manos –le susurró el príncipe por quinta vez.

Farah dejó caer las manos a los lados y fingió prestar atención a la ceremonia.

–Este vestido no me queda bien –se quejó ella en voz baja.

–Te está perfecto.

No era cierto. Le apretaba demasiado el torso y dejaba al descubierto sus brazos y el escote. Los zapatos de tacón de aguja le resultaban insoportables.

–Y sonríe.

Cansada de recibir órdenes, Farah esbozó una sonrisa forzada.

–¿Así?

–Mejor –murmuró él, tras lanzarle una rápida mirada.

De reojo, Farah contempló a su acompañante, vestido con una túnica blanca y el tocado que correspondía a su título real. Era tan viril y tan encantador, cuando quería, que daba toda la sensación de ser un hombre agradable.

Horas antes, después de la visita del príncipe, Farah había hecho todo lo que le había pedido, con la intención de hacerle creer que estaba dispuesta a cooperar. Había dejado que las criadas la maquillaran, la vistieran y la peinaran con un recogido en la parte delantera y el resto del pelo suelto sobre los hombros. Cuando se había mirado al espejo después de todos los arreglos, apenas se había reconocido a sí misma. De hecho, incluso se había encontrado guapa.

Se preguntó si Zachim la había creído cuando había aceptado hacer una tregua para ir a la boda. Pero no importaba. Su hermano estaba a punto de casarse con una mujer extranjera y parecían tan enamorados que ella no quería estropear las cosas. Había algo demasiado romántico en la forma en que el príncipe Nadir miraba a su prometida.

¿Cómo se sentiría ella si un hombre la mirara de esa manera?

La colocaría en una posición de inferioridad, se recordó a sí misma. Tendría que someterse y dejar de lado sus propios deseos para obedecer a su marido. Eso no la haría feliz.

Farah y Zachim estaban en primera fila, en un salón adornado con flores blancas y rosas, además de velas en todas las mesas. Miles de ojos curiosos se habían clavado en ella cuando había entrado. Sin embargo, no había reconocido a nadie que pudiera ayudarla entre los invitados.

Cuando la multitud aplaudió y vitoreó a los recién casados, Farah se dio cuenta de que había terminado la ceremonia. La pareja sonreía de felicidad y, enseguida, el novio tomó a su pequeña hija de los brazos de uno de los invitados.

Despacio, se detuvieron delante de Farah y el príncipe para aceptar sus felicitaciones. Cuando la niña alargó los brazos para tocarle al príncipe la mandíbula, él se rio, le susurró dulces palabras y le dio un suave beso en la mejilla. A Farah le sorprendió tanto aquel comportamiento que se quedó paralizada. Era un hombre muy extraño, se dijo. Tan pronto era brusco e impasible como encantador y sensual. Confundida por un cúmulo de emociones contradictorias, agradeció la distracción cuando se pusieron en movimiento hacia el salón donde se iba a celebrar el banquete real.

Sin embargo, caminar con esos zapatos era como hacerlo sobre estiletes, pensó, intentando no encogerse.

—Da pasos más pequeños —le aconsejó el príncipe.

—¿Pasos más pequeños? —repitió ella, levantando la vista hacia él—. ¿Has visto lo que llevo en los pies?

Sí, Zachim lo había visto. Eran unos zapatos preciosos. Ella era preciosa, a pesar de que siempre lo mirara con cara de enojo. Se preguntó cómo era posible que le atrajera una mujer que nunca le había sonreído y nunca le había mostrado nada más que enemistad.

A pesar de ello, lo único que quería era llevarla a la cama. ¿Qué diría ella? Lo más probable era que se negara. Aunque se había entregado al beso que habían compartido en el callejón con la misma pasión que él.

Mientras se la comía con los ojos, Zachim captó en ella cierta vulnerabilidad. Estaba nerviosa. Entonces, algo distinto al deseo le atravesó.

—Esto no son zapatos —protestó ella con indignación, levantándose el borde de la falda para mostrar unas delicadas sandalias de tacón de aguja—. No tengo ni idea de por qué las mujeres se los ponen.

Zachim tragó saliva, aunque su voz sonó ronca de todas maneras.

—Alargan la pierna y resaltan las pantorrillas —comentó él, pensando en lo bellas que eran las largas piernas de su acompañante.

—Creo que son una forma de controlar a las mujeres —repuso ella, frunciendo el ceño—. Lo próximo que me pedirás es que te remiende los calcetines.

—Yo tiro mis calcetines rotos.

–Claro, rico y derrochador.

–Eso es lo que tú piensas de mí.

–¿Es que me equivoco?

–Sí, te equivocas. Te estás dejando llevar por tus prejuicios.

–Nada de eso –se defendió ella, acalorada.

Su aroma a jazmín y miedo invadió al príncipe. Suspiró, pues no quería pelearse con ella.

–Toma mi brazo.

–¿Adónde quieres que lo lleve? ¿A la basura? –le preguntó ella, fingiendo dulzura.

Zachim se contuvo para no reírse y se dio cuenta de que ella hacía lo mismo. Así que su gatita salvaje tenía sentido del humor.

–Siempre que no me claves nada de nuevo, puedes llevarlo a donde quieras.

Cuando, sorprendida por su comentario, Farah se rio, el príncipe se quedó embelesado ante el sonido de su risa.

–Apoya tu peso en mí hasta que te acostumbres a los tacones –le ofreció él.

Ella titubeó, suspiró y lo agarró del brazo como si estuviera tocando dinamita.

Al notar su contacto, Zachim se llenó de calidez y no pudo evitar recordar el calor de sus besos. Maldiciendo para sus adentros, vio que ella lo miraba por debajo de sus largas pestañas, mientras una cortina de pelo le caía sobre el hombro. Tanto vestida para matar, como con pantalones de hombre y el pelo sucio, era la mujer más hermosa que había visto en su vida. ¿Cómo era posible que su aspecto exótico lo impactara más que la belleza clásica y perfecta de Amy? No tenía ni idea, pero así era.

Si se acostaba con Farah, tal vez, podría poner fin al insano deseo que lo invadía. Sin embargo, no era posible. Era la hija de su enemigo y no podía olvidarlo.

–¿Por qué me estás mirando así? –preguntó ella con el mismo tono insolente que una adolescente podría haber empleado con su padre.

–Porque no esperaba que me resultaras bonita.

Cuando ella se sonrojó y se humedeció los labios, le resultó a Zachim todavía más irresistible.

–Solo lo dices para engatusarme y que no me escape de nuevo.

No, no lo había dicho por eso, se dijo Zachim. Sin embargo, había sido un idiota por olvidarlo.

–¿Ves ese cinturón de oro que llevas en la cintura?

–¿Qué pasa con él?

–Si das un paso en falso esta noche, te lo pondré en el cuello y lo usaré de correa.

Farah tuvo ganas de gritar. Pero su comentario le servía de recordatorio de que no era una invitada más en la boda, sino su prisionera. Por eso, solo podía hacer una cosa. Escapar.

Habría dado cualquier cosa por estar de nuevo en su pequeña choza, discutiendo con su padre para que no la obligara a casarse. Le parecía mucho más sencillo que acompañar a un hombre que la irritaba en más sentidos de los que podía explicar.

–Te he dicho que dejes de retorcerte las manos –le susurró él, sujetándola del brazo–. ¿Cómo tienes los pies?

–Machacados. ¿Y tú?

–Eres maravillosa –repuso él, riéndose.

–No es mi intención –dijo ella con una mueca.

–Lo sé. Baila conmigo.

Su petición la tomó por sorpresa y no supo qué hacer cuando él posó una mano en su espalda, sin dejar de mirarla.

–No quiero bailar.

–¿No quieres o no sabes? –preguntó él, atravesándola con la mirada.

–Yo... –balbuceó ella, sonrojándose por enésima vez.

–No sabes –concluyó él–. No te muestres tan ofendida, *habiba*, yo te enseñaré.

Ella se estremeció cuando la tomó en sus brazos y la envolvió con su calor y su aroma especiado. No era buena idea. Nunca se le había ocurrido aprender a bailar. Tampoco había pensado nunca demasiado en el sexo aunque, después de haber conocido al príncipe, no conseguía quitárselo de la cabeza. Si hubiera sido un hombre normal de su tribu o de una tribu vecina, ella habría considerado la posibilidad de explorar la química que había entre los dos. Sin embargo, se trataba de Zachim, príncipe de Bakaan, cortado por el mismo patrón que su padre.

–No me interesa –respondió ella, aunque en parte pensó que podía ser divertido.

Como si le hubiera leído el pensamiento, él le dedicó una sonrisa demoledora.

–Vamos. Lo estás deseando.

–No –repitió ella. Su arrogancia innata la ayudaba a recordar por qué aquel hombre le desagradaba tanto.

–Déjate llevar.

–¿Es que no entiendes la palabra «no»?

Él sonrió.

–A lo mejor te gusta.

Antes de que Farah pudiera replicar nada, él levantó la mano izquierda.

–Dame tu mano derecha.

Como ella se había quedado paralizada, él le agarró la mano, sin esperar.

–Ahora, pon tu mano izquierda en mi hombro.

De nuevo, ella se quedó inmóvil. Él le tomó la mano y se la puso en el hombro.

–¿Y ahora qué? –preguntó Farah, tratando de no reaccionar ante su cercanía.

–Ahora yo pongo mi mano aquí –indicó él, colocando la mano derecha en la cadera de ella.

Sintiendo la boca seca, Farah apretó los labios. El príncipe la contemplaba como un halcón a su presa.

–¿Y ahora?

–Ahora nos movemos juntos –contestó él con una sonrisa–. Se llama vals. Cuando yo pongo mi pie izquierdo hacia delante, tú das un paso atrás con el pie derecho. No, así no, pasos pequeños. Y más despacio. Mi pierna debe deslizarse contra la tuya, para movernos como si fuéramos un solo cuerpo.

Una suave melodía inundaba la pista de baile. Farah se esforzó por concentrarse en la música, aunque le resultaba difícil, mientras él la rozaba con suavidad.

–Cierra los ojos.

Ella levantó la vista y echó la cabeza hacia atrás al darse cuenta de lo pegados que estaban sus rostros.

–¿Por qué? ¿Qué vas a hacerme?

–Nada que tú no quieras.

El tiempo se detuvo mientras sus sensuales palabras penetraban en cada poro de su piel. A Farah se le aceleró el pulso. Cuando se dio cuenta de que estaba conteniendo el aliento, se obligó a respirar.

–Si cierras los ojos, te ayudará a sentir la música –sugirió él, observándola de cerca.

También podía ayudarla a olvidar lo guapo que era su acompañante, pensó Farah. Así que cerró los ojos. Por una parte, la hizo sentirse más consciente de su contacto. Pero, por otra, la ayudó a concentrarse en el baile. Enseguida comenzó a moverse con más soltura.

–Aprendes rápido –le susurró él al oído–. ¿Qué tal tienes los pies?

Farah abrió los ojos de golpe con un escalofrío. Se había olvidado de los pies, pero lo cierto era que le dolían.

–No muy bien.

–Apóyate en mí –ofreció él, apretándola contra su cuerpo.

Aunque ella quiso negarse, quiso apartarse, su cuerpo se apoyó en él. Cerró los ojos, dejándose llevar a un extraño lugar de ensueño. Aquello no era bailar exactamente, apenas se movían, pero era delicioso. Podía sentir toda la fuerza, la solidez y el calor del príncipe. Encajaban a la perfección, como si hubieran sido hechos el uno para el otro.

Cuando cambió el ritmo de la música, Farah abrió los ojos. Con el corazón acelerado, se dio cuenta de lo excitada que estaba, solo por haber bailado con él.

De pronto, se hizo consciente de ciertas partes de su cuerpo a las que normalmente no prestaba atención, como los pechos, el calor entre las piernas, la mano del príncipe en su espalda. Eran sensaciones que la hacían sentirse frágil e indefensa.

Entonces, se preguntó si él sentiría lo mismo. Parecía imposible. Sin embargo, ansiaba que la deseara. Aunque era una locura. Él debía de estar acostumbrado a tener amantes ricas y sofisticadas, como las mujeres que lo miraban en la fiesta.

De pronto, presa de una sofocante sensación de claustrofobia, Farah se apartó de él. Desear al príncipe Zachim era una traición a su padre y a todo lo que ella quería de la vida: autosuficiencia, independencia, respeto a sí misma.

–Tengo que ir al baño.

–Te acompaño.

Claro. Eso le recordaba a Farah que no era una invitada, sino una prisionera. Y que su principal objetivo era escapar de allí.

Dentro del baño, no había ventanas, ni puerta trasera, así que terminó rápido y volvió a la sala de fiestas con él. Allí, echó un vistazo para fijarse en dónde estaban los guardias.

Unos hombres vestidos con ropa occidental se acercaron a hablar con el príncipe, mientras ella escuchaba la conversación a medias y sonreía. Se dio cuenta de que había un grupo de mujeres a su lado, que debían de ser las parejas de los hombres que hablaban con Zachim.

Sin pedirle permiso al príncipe, Farah se dirigió hacia donde se reunían las mujeres. Cuando una de ellas comentó que tenía calor, aprovechó para sugerir que salieran a la terraza. El olor de las gardenias y las rosas perfumaba el aire nocturno, aunque a ella solo le interesaba localizar las salidas.

Maldiciendo los instrumentos de tortura que llevaba en los pies, se dijo que iba a tener que dejarlos atrás, como Cenicienta, si quería escapar. La diferencia era que ella no quería que el príncipe fuera a buscarla con su zapato en la mano.

Tras excusarse con las mujeres, bajó por las escaleras de piedra, atravesando el exuberante jardín como si supiera adónde se dirigía. Se detuvo para tomar aliento frente a un gran muro de piedra cubierto por una enredadera.

—La puerta está a unos cincuenta metros a tu izquierda —dijo el príncipe detrás de ella.

—Tenía calor.

—¿No me digas? —replicó él arqueando una ceja—. Pensé que eso era solo cuando bailábamos.

—Un error muy simple para un hombre tan egocéntrico como tú —le espetó ella con una ácida sonrisa. No tenía sentido seguir fingiendo que iba a cooperar con él. ¿Qué importaba? No la dejaría volver a intentar escapar.

–Tienes la piel de gallina –observó él.

–Tal vez, tenga frío –repuso ella de mala gana.

–Los dos sabemos que eso no es cierto.

Su tono sugerente la envolvió, haciendo que le subiera la temperatura.

–No estés tan seguro.

–¿Sabes? Casi me gustaría que intentaras escapar, para poder ponerte la correa.

Ella se llevó la mano al cuello.

–No te atreverás.

–Claro que sí, señorita Hajjar. Recuerda que soy un príncipe bárbaro.

–Tu hermano...

–Está a punto de irse con su mujer.

Farah tragó saliva. Él se acercó un poco más.

–Te brilla la piel bajo la luz de la luna –dijo él, alargando una mano para acariciarle la cara.

Cuando ella dio un paso atrás, el príncipe la sujetó del codo para que no se lastimara con unas ramas con espinas.

–Ten cuidado o te harás daño.

Si no ponía freno a la atracción que sentía por él, sí que se haría daño, se dijo Farah con el corazón acelerado.

–Prefiero aplastarme contra mil espinas que...

Ignorando su comentario, Zachim la atrajo a su pecho.

–No te gusta que te digan lo que tienes que hacer, ¿verdad?

–Un hombre como tú, no.

–¿Un hombre como yo? –preguntó él–. Necesitas que te domen, pequeña Zenobia –susurró, acariciándole el cuello con los nudillos.

Ella quiso empujarlo, pero acabó agarrándolo del

pelo. Él la sujetó por la nuca y, durante un interminable instante, se quedaron mirándose en silencio.

—Dime que me deseas, Farah.

Zachim le recorrió la mandíbula con los labios, bañándola con su cálido aliento. Ella echó la cabeza a un lado, ofreciéndole el cuello sin pensar en nada más.

Iba a besarla. Lo sabía y lo deseaba. Quería sentir su lengua caliente y húmeda y perderse en su sabor. Quería que la apretara contra su cuerpo y le hiciera olvidar todo a su alrededor. Entonces, muy despacio, cuando él le acarició el borde de los pezones con los pulgares, ella sintió que se derretía, le fallaban las rodillas...

—Yo no lo haría, si fuera tú, Zachim.

Sorprendida, Farah giró la cabeza. El príncipe Nadir los estaba observando con una mueca en la cara.

—Su padre está aquí.

«¿Aquí?», pensó ella, soltando un grito sofocado.

—¿Qué? —dijo Zachim.

—Sí. Y está sediento de sangre. De la tuya, para ser exactos. Te dije que pasaría esto.

El príncipe la soltó y dio un paso atrás con una sonrisa victoriosa.

—Le daré sangre, pero no será la mía.

—¿Qué vas a hacerle? —gritó ella, presa del miedo.

Ignorándola, Zachim hizo una seña y un guardia se materializó a su lado.

—Lleva a la señorita Hajjar al harén.

—Quiero ver a mi padre —pidió ella, agarrándolo del brazo.

—No la pierdas de vista —ordenó el príncipe al guardia, como si no la hubiera oído—. Ni un segundo.

Nadir detuvo al guardia antes de que pudiera moverse.

—Por desgracia, le he dicho a su padre que voy a llevarla con él.

–¿Por qué ibas a hacer tal cosa? –inquirió Zachim. Nadir arqueó una ceja.

–Quiere verla.

–No me importa.

–A mí, sí –repuso Nadir con tono de censura–. Es mi noche de bodas, Zachim. Tienes que ocuparte de esto rápidamente antes de que Imogen se dé cuenta de que algo va mal.

–Bien –dijo Zachim–. Terminemos con esto de una vez.

Farah escuchó sus palabras con terror. En Bakaan, el príncipe no necesitaba una orden judicial para encarcelar a alguien, ni siquiera para ordenar su muerte. Entonces, se dio cuenta de que, a pesar de todos sus esfuerzos, no había nada que ella pudiera hacer.

Capítulo 8

FARAH sintió un nudo en la garganta al ver la orgullosa figura de su padre de pie en lo que parecía un despacho privado. Amir estaba a su lado, rodeados ambos por cuatro guardias.

Su padre posó los ojos sobre ella con sorpresa.

–¿Qué le has hecho a mi hija?

–Yo también te saludo, Hajjar –repuso Zachim, furioso–. Qué honor contar con tu presencia.

–Responde a mi pregunta, niñato.

Farah se llevó la mano a la boca ante la grosería de su padre. No era buena idea provocar al hombre al que había secuestrado.

–No tienes derecho a exigir nada, Hajjar –puntualizó Zachim–. Ahora estás en mi terreno.

–Estoy seguro de que me harás lo peor, pero a mi hija, no.

–Haré lo que quiera.

–Caballeros –dijo Nadir, interponiéndose entre ellos–. Deben comportarse de forma civilizada.

–Esto no es asunto tuyo –le espetó su hermano–. Quiero que se haga justicia.

–¿Justicia? –repitió Hajjar con indignación–. Tú no sabes lo que significa esa palabra. Eres como tu padre.

–Ten cuidado, Hajjar –le advirtió el príncipe Nadir con severidad–. Este es el día de mi boda y tú secuestraste a mi hermano.

–No lo niego. Pero él se llevó a mi hija y ha pasado

dos noches solo con ella en el desierto. Es una ofensa contra su reputación que debe rectificar.

–¿La has tocado? –le preguntó Amir con furia, dando un paso hacia delante.

–Esto no es asunto tuyo –repuso el príncipe, posando los ojos en Farah.

Ella se puso roja al recordar todas las veces que la había tocado y lo mucho que lo había disfrutado en secreto. A Zachim le brillaron los ojos mientras la miraba, como si adivinara lo que estaba pensando, como si también pudiera sentir el calor de los dedos en sus pechos.

–¡Por Alá! –gritó Hajjar–. Si este niñato ha mancillado el honor de mi hija, tendrá que casarse con ella.

«¿Casarse?».

–¡No! –exclamó Farah de inmediato, al mismo tiempo que Zachim dejaba escapar una carcajada burlona y Amir ponía el grito en el cielo.

–Si crees que puedes aprovecharte de esto para evitar que se haga justicia, Hajjar, te equivocas –amenazó Zachim.

–Al menos, yo admito lo que hice –le espetó Hajjar, como si aquello le exonerara de su delito–. Pero tú... te llevas a mi hija y la vistes como si fuera una... furcia, ¿y esperas que yo no haga nada?

Aunque sabía que su padre no había querido insultarla, Farah se sintió como si la hubiera abofeteado.

–Retira ese insulto a tu hija de inmediato –le advirtió Zachim, que se había quedado rígido–. O lo haré yo por ti.

Ella se quedó perpleja al ver cómo la defendía.

–¿Niegas mi acusación? –inquirió su padre.

–No tengo que responder ante ti ni ante nadie –le recordó el príncipe.

–Pero debes responder ante las leyes de este país y has deshonrado a mi hija al llevártela de su casa y pasar la noche con ella. Algo ha pasado entre vosotros –adivinó Hajjar–. Mi hija parece en estado de shock.

Aquello era subestimar la situación, pensó Farah, mientras todo lo que se había dicho le daba vueltas en la cabeza, incluida la sugerencia de que el príncipe debía casarse con ella. Su padre debía de estar loco para haber pensado algo así.

–¿Zachim? –dijo Nadir con voz controlada, y las miradas de los dos hermanos se cruzaron en silencio.

El príncipe Zachim murmuró algo y se pasó la mano por el pelo con gesto de desesperación, clavando los ojos en ella.

–No he deshonrado a esta mujer –señaló él al fin, muy despacio.

–Eso es muy fácil de decir –replicó Hajjar.

–Díselo, Farah –ordenó Zachim con voz ronca.

Ella recordó cuando, con la misma urgencia, le había pedido que le dijera que lo deseaba.

–Dile que no ha habido nada entre nosotros.

«¿Nada?».

Farah parpadeó. Supuso que, para él, la forma en que la había tocado y la había besado no significaba nada. Aunque no, no la había deshonrado en el sentido al que se refería su padre. Pero la había hecho consciente de la naturaleza sexual de su cuerpo y la había transformado de una manera que no podía explicar. Peor aún, la había hecho desearlo como jamás había deseado a ningún hombre. ¿Era eso nada?

Conmocionada, bajó la vista al suelo para ocultar sus ojos al borde de las lágrimas y recuperar las fuerzas para hablar. Sin embargo, al sentir la tensión en el ambiente, se dio cuenta de que los hombres que la rodeaban habían interpretado su titubeo como admisión de culpa.

Su padre y Amir saltaron, gritando y gesticulando

amenazas al príncipe. Los guardias los rodearon al instante, apuntándolos con pistolas.

El príncipe Zachim, rígido, clavó los ojos en ella con expresión de sorpresa y ultraje. Nadir maldijo en voz baja.

—Por Alá, te casarás con mi hija —le amenazó Hajjar—. O toda la ira de las tribus de las montañas caerá sobre ti.

Nadir maldijo de nuevo.

Y Zachim, también.

—Padre, escucha, yo...

—Mantente al margen, Farah.

«¿Que se mantuviera al margen?», se dijo ella, furiosa.

Entonces, habló Amir, apretando las tuercas de una situación imposible.

—Yo me casaré con ella.

—Amir, calla —ordenó Farah.

—No me importa que te hayas acostado con él —le aseguró Amir, atravesándola con ojos fieros—. Quiero que seas mía.

—Por encima de mi cadáver —señaló Zachim.

Farah no comprendió.

—Zachim, quiero hablar contigo un momento —indicó Nadir con tono autoritario.

Ella apartó la vista, mientras los dos príncipes se reunían en una esquina de la habitación. Suspirando, se acercó a su padre.

—Padre...

—No discutas —la interrumpió Hajjar, cruzándose de brazos—. Ese perro hará lo que tiene que hacer para reparar tu reputación, aunque sea lo último que haga.

—Pero yo no quiero casarme.

—Todas las mujeres quieren casarse.

—Al menos, deja que yo elija con quién, porque el príncipe dice la verdad. No ha pasado nada.

–Deberías haberme escuchado cuando te dije que no te acercaras a él –continuó su padre, como si ella no hubiera hablado.

–¿Como tú me escuchas ahora?

–Yo también te dije que te mantuvieras apartada –interrumpió Amir, tomando las manos de ella entre las suyas–. Sabía que nos traería problemas.

¿Así que todo eso era culpa suya?

Farah estaba tan enfadada que se quedó sin palabras. Aunque, en cierta forma, sí era culpa suya. Había desafiado a su padre con la intención de arreglarlo todo.

Bajó la vista hacia las manos de Amir, que sujetaban las suyas, acariciándolas con el pulgar para calmarla, y se preguntó cómo acabaría todo cuando el príncipe Zachim se negara a casarse con ella.

–Zachim, no tienes que casarte con ella.

Sin embargo, Zachim no estaba escuchando a su hermano. Tenía la vista clavada en la escena que se desarrollaba ante sus ojos. Farah estaba sonrojada de disgusto, su padre se mantenía en sus trece como un asno arrogante y su primer oficial... acababa de tomarla de las manos.

Presa de una rabia inexplicable, Zachim afiló la mirada. ¿Serían amantes en secreto? Se suponía que una mujer debía llegar virgen a la cama de su marido. ¿Sucedería eso con Farah o se habría entregado a ese imbécil?

–Sí, tengo que casarme con ella.

Nadir lo miró con gesto severo.

–Maldición. Cuando dijiste que no te habías acostado con ella, yo te creí. Debería haberlo sabido cuando os vi en el jardín...

–Eso no fue nada.

–¿Nada? Dos minutos más y le habrías arrancado las ropas.

Zachim apartó los ojos de Farah un momento, para mirar a su hermano.

–Es verdad. Pero esa no es la razón por la que tengo que casarme con ella. Y no he mentido. No ha pasado nada entre nosotros –repitió él. Nada, si ignoraba el inesperado episodio de pasión en el callejón o sus propias fantasías en la ducha, por no mencionar que había estado a punto de hacerla suya en el jardín–. No me he acostado con ella. No en el sentido bíblico, al menos.

–Entonces, te sacaremos de esta –dijo Nadir, decidido a resolver el entuerto.

Pero Zachim no lo escuchaba. Tenía la atención puesta en Farah, cuando las palabras «guerra», «paz» y «amor» se colaron en su conciencia. Se volvió hacia su hermano.

–¿Qué pasa con el amor?

–Dijiste que solo te casarías por amor –repitió Nadir con gesto impaciente.

Sí, eso había dicho Zachim una vez. Pero el honor y la integridad eran igual de importantes que el amor. Además, no iba a dejar que se le escapara esa gata salvaje que conocía la historia romana y lo intrigaba y le hacía reír como ninguna mujer lo había conseguido antes.

–Disculpa –le dijo a su hermano y, después de atravesar la habitación, clavó la mirada heladora en Amir y posó la mano en el hombro de Farah–. Esta reunión ha terminado.

Por supuesto, ella intentó zafarse de su mano.

–Le he dicho a mi padre...

–Me casaré con tu hija –informó el príncipe al anciano.

–Nunca pensé que un Darkhan haría lo correcto –le espetó Hajjar.

–Quizá es que nunca te habías fijado bien.

–Yo no... –comenzó a decir Amir, tras aclararse la garganta.

–Si no tienes cuidado, haré que te corten la cabeza –le amenazó Zachim, interrumpiéndolo–. Guardias, metedlos en prisión.

–¡No! –gritó ella y se apresuró a ponerse delante de los dos hombres como Juana de Arco enfrentándose a los ingleses en Orleans–. No puedes meterlos en la cárcel.

–¿Y cómo piensas impedírmelo?

–Zachim... –comenzó a decir Nadir en tono de advertencia.

–No puedes encarcelar a tu propio suegro –señaló ella, beligerante.

Zachim se quedó mirando a la mujer que tenía delante, hermosa y fuerte, aunque un brillo de vulnerabilidad teñía sus ojos. Era el mismo que había percibido en ella cuando su padre la había insultado y, por eso, había sentido la urgencia de defenderla.

Incapaz de detenerse, alargó la mano para acariciarle la mejilla. Ella contuvo el aliento, lo que tampoco le pasó al príncipe desapercibido.

–Eres tan persistente, mi pequeña guerrera. Tan apasionada...

–Diablos –maldijo Nadir detrás de ellos–. Tiene razón, Zachim. Y yo tengo que volver con Imogen. Te dejaré libre, Hajjar –informó al anciano–. Pero, como vuelvas a dar un paso en falso, no seré tan comprensivo.

Un pesado silencio se apoderó de la sala.

–Vamos, Farah –la llamó su padre–. Te llevaré a casa.

–No, nada de eso –negó Zachim con una sonrisa–. Tu hija es ahora mi prometida y eso quiere decir que puedo hacer con ella lo que quiera.

Capítulo 9

ACASO estaba loco?, se preguntó Zachim, mientras atravesaba el pasillo con Farah. Acababa de comprometerse con una mujer que apenas conocía ¡y que ni siquiera era de su agrado!

¿Cómo había podido suceder algo así? Su hermano se había casado con su amada y, además, había decidido aceptar el trono. Al instante siguiente, él mismo se había comprometido. En cualquier momento, iban a tener que ingresarlo en un sanatorio mental, sin duda.

La causa de su inmensa irritación le tiró de la mano.

—Estoy cansada de que me lleves de un lado a otro de esta manera.

Él le apretó más fuerte la mano.

—No tanto como lo estoy yo de tener que hacerlo.

Sobre todo, cuando estaban en esa situación porque ella no había hablado para defender su versión de que no había pasado nada entre ellos.

«¿Nada?».

No, nada, se repitió a sí mismo. Unos cuantos besos no obligaban al matrimonio. Quizá, en occidente no fuera así. Pero en Bakaan un hombre no tonteaba con una mujer a menos que fuera en serio.

Zachim se maldijo en silencio. Durante toda la vida, había ignorado a las mujeres de Bakaan. Hasta ese momento. Y, para colmo, Farah no solo no se había ofrecido a él, sino que no había hecho más que intentar escapar.

Todavía no sabía por qué su padre lo había secues-

trado, aunque podía imaginárselo. Lo más probable era
que Hajjar hubiera querido desestabilizar el país y ani-
mar una revuelta. Una idea tan ridícula como la de que
se casara con su hija. Entonces, se le ocurrió otra opción
y se quedó paralizado.

Farah soltó un grito, asustada por su repentina pa-
rada en seco. Él la miró. ¿Había querido Hajjar, desde
el principio, dejarlos a los dos solos para obligarle a casarse con su hija y lograr que su familia llegara al trono
a toda costa?

—Tenemos que hablar —dijo él, abriendo la puerta de
sus aposentos.

—No podría estar más de acuerdo.

Zachim despidió a los guardias y la siguió dentro.
Pasó por delante de los sofás y se dirigió al mueble bar,
donde se sirvió un whisky.

—¿Algo de beber?

—Creí que querías hablar.

—Primero, necesito ahogar mi dolor —repuso él, to-
mándose de un trago medio vaso.

—No vamos a casarnos de verdad, ya lo sabes.

—¿Ah, no? —replicó él y se sirvió otro vaso, en esa
ocasión, con hielo.

Ella se dejó caer en un sofá y se quitó los zapatos.
Sin querer, el cuerpo de Zachim reaccionó de la forma
menos conveniente cuando ella soltó un gemido de placer al liberar sus pies.

—Mira, si tú retiras los cargos por secuestro, yo podría convencer a mi padre de que entre en razón —sugirió ella con una mirada llena de inocencia y esperanza.

Aclarándose la cabeza con otro trago de alcohol, Zachim le dedicó una cínica sonrisa.

—Seguro que eso te gustaría. Pero no es tan fácil.

—No veo por qué no.

—Porque al no negar a tiempo que te había deshonrado, has provocado algo que nosotros no podemos parar. Quizá, lo sabías desde el principio –comentó él en voz baja.

–¿Saber qué?

Zachim observó su expresión confundida, sin saber si era auténtica o una farsa.

–Casarte conmigo tiene muchos beneficios.

–¿Como cuáles? –preguntó ella con tono burlón–. ¿Me permitiría estar cerca de tu enorme ego?

Ninguna otra mujer se atrevía a hablarle con ese desdén.

–Dinero. Poder –dijo él, y se colocó delante de ella, mirándola con fiereza–. La posibilidad de que, algún día, un Hajjar llegue al trono.

En vez de dejarse intimidar, Farah parecía molesta.

–Si quieres decir que mi padre quería que pasara esto... Es ridículo. Él odia a tu familia.

–Odia que mi familia esté en el trono y ahora nos tenemos que casar. Qué coincidencia, ¿no crees?

–No, no lo creo. Si lo piensas bien, te darás cuenta de que no puede ser. Mi padre está anclado en el pasado y piensa que una mujer necesita que un hombre cuide de ella. Eso es lo único que le mueve a actuar así.

Zachim tuvo que reconocer para sus adentros que tenía sentido. Además, no podía atribuirle toda la responsabilidad a Hajjar por una situación que él mismo había provocado, al subirla a aquel caballo para escapar del campamento.

–Por desgracia, ahora mismo no puedo pensar con claridad. Y tu padre va a quedar libre, si a cambio te sacrifica a ti.

Ella se puso pálida.

–Tiene que haber otra manera.

–¿Por qué? ¿Prefieres irte para poderte casar con tu novio?

–¿Amir? –preguntó ella, tras entender a quién se refería–. No, no quiero casarme con Amir, ni con nadie. Y, teniendo en cuenta tu reputación, me parece que tú, tampoco.

–¿Mi reputación? –inquirió él, perplejo.

–A las montañas también llegan revistas extranjeras –señaló ella–. Creo que la cantidad de mujeres con las que te han fotografiado habla por sí misma.

Él soltó una carcajada.

–¿Ahora yo soy el malo de la película?

–¿Acaso te quieres casar?

–Para tu información estuve a punto de casarme en una ocasión –indicó él. O, al menos, había estado a punto de pedírselo a Amy–. Y sí, quiero casarme... pero no contigo, señorita Hajjar.

Cuando ella se puso pálida y, al instante siguiente, colorada, Zachim se sintió como un imbécil.

–Supongo que eso no te importa porque puedes tener cien esposas, si lo deseas.

–Admito que tengo mucha energía en el dormitorio –dijo él con voz sensual–. Pero, aun así, me resultaría difícil arreglármelas con cien mujeres. Además, esa ley va a ser modificada.

Farah abrió los ojos de par en par.

–¿Ah, sí?

–Sí. Es hora de que Bakaan entre en el siglo XXI y mi hermano y yo nos ocuparemos de ello. Por cómo me miras, no pareces de acuerdo.

–No. Quiero decir, sí. Estoy de acuerdo –replicó ella, titubeando–. Lo que pasa es que no esperaba...

–¿Que yo pensara así? –adivinó él–. Tal vez, tu padre no sea el único que está anclado al pasado –insinuó.

–Yo no estoy anclada al pasado –le espetó ella, poniendo los brazos en jarras con gesto ofendido.

Zachim la miró de arriba abajo.

–¿He tocado tu punto débil?

Sí, había tocado su punto débil, porque Farah se consideraba a sí misma una persona progresista. Sin embargo, en ese momento, se sentía muy confundida.

–Nada de eso –negó ella, mirándolo a los ojos con gesto desafiante–. ¡Pero tengo ganas de pegarte y tampoco soy una persona violenta!

–Y lo dice la mujer que me hirió con una espada.

–De acuerdo. Por lo general, no soy violenta. Estoy segura de que, si consigues perdonar a mi padre y olvidas esto...

–Hay que dejar atrás el pasado, ¿no es así?

–Eso. Exacta...

–No.

–¿Quieres dejar de interrumpirme? –protestó ella–. ¿No te das cuenta de que perdonar te coloca en una posición de poder? Si mi padre continúa atacándote a pesar de tu benevolencia, entonces, todo el mundo se volverá contra él.

–¿De qué cuento de hadas has sacado eso?

Farah apretó los dientes ante su tono burlón.

–Que no creas en la comunicación no violenta no significa que mis ideas no sean ciertas. ¿Alguna vez has oído hablar de Martin Luther King? ¿O de Gandhi? –le espetó ella–. Quizá, si abres un poco la mente, aprendas algo.

Él le lanzó una mirada feroz.

–Es increíble que vengas a mí apelando a la comunicación no violenta. Alguien de tu aldea publicó un panfleto hace cinco años incitando a la guerra civil. Si yo no hubiera vuelto a casa entonces para arreglar las cosas, de una forma no violenta, por cierto, ¿quién sabe cuánta gente habría muerto?

–Yo no pretendía incitar a nada.

–No he dicho que tú... –comenzó a decir él y se quedó

callado de pronto–. ¿Fuiste tú quien publicó aquel panfleto?

–¡Mi revista no era ningún panfleto! –exclamó ella, sintiéndose indignada.

–No es posible –dijo él con incredulidad–. Solo eras una niña cuando se publicó.

Farah puso de nuevo los brazos en jarras.

–Tenía diecisiete años.

Él meneó la cabeza, frunciendo el ceño.

–Había muchas observaciones muy agudas en esa publicación.

–Si esperas que te dé las gracias por tu cumplido, eso no ocurrirá nunca –dijo ella–. Además, no creo que lo que escribí entonces fuera importante.

–¿Importante? –repitió él, tan furioso como ella–. ¡Es la razón por la que tuve que volver a Bakaan!

–Algo que obviamente no querías hacer, por cómo lo dices.

–No cuando tuve que dejar la dirección de mi compañía y abandonar el mundo de las carreras.

–Lo siento –se burló ella–. Qué desconsiderado tu pueblo, por necesitarte.

–Sí, así es –replicó él y bajó el tono de voz, envolviéndola con un sensual susurro–. Aunque no me hace infeliz que tú me necesites.

Intentando ignorar cómo se había cargado el ambiente de pronto, Farah levantó la barbilla.

–Necesito que instales centros de salud en nuestras aldeas y que nos proveas de materiales educativos, para que no tengamos que pasarlos de contrabando o... –señaló ella y se detuvo en seco. Había estado tan encendida que casi había delatado una información secreta.

–¿O qué? –preguntó él con suavidad–. ¿Conseguirlas a través de un contacto secreto de dentro de palacio?

¡El príncipe lo sabía! Farah intentó fingir que no era

eso, pues sabía que, si descubrían a quien había estado enviándoles esos artículos a lo largo de los años, sería castigado.

—No sé de qué estás hablando. Lo que quiero saber es cómo podemos librarnos de este matrimonio.

—Eso no va a pasar.

—Tenemos que hacerlo —insistió ella, nerviosa.

—No sé por qué te resistes tanto. Tu vida iba a mejorar mucho con el cambio.

—¿Mejorar? Eso lo dices porque eres un egocéntrico arrogante y tu coeficiente intelectual es menor que el número que calzas.

Su tranquila sonrisa le demostró a Farah que no se había tomado en serio sus insultos.

—Cuidado, *habiba*, o puede que empiece a creer que te gusto.

—Eso nunca —le aseguró ella.

—¿No?

—No.

—Pero te gusta que te toque —afirmó él, acercándose un poco más—. ¿No es así?

Ella tragó saliva.

—¿Sabes? Creo que es imposible ser más egocéntrico que tú.

—Y nadie niega la realidad con tanta insistencia como tú —contestó él con una carcajada—. En realidad, me pregunto por qué me estoy negando a mí mismo algo que ya me han acusado de haber tomado.

Farah se puso en pie y levantó las manos para frenarlo, pero eso no lo detuvo. Siguió acercándose hasta acorralarla contra la pared.

—Dame una buena razón para no quitarte ese bonito vestido y hacer lo que los dos queremos.

Sintiéndose como si acabara de correr una carrera, Farah apenas podía respirar. Solo quería posar las manos en el pecho de él y terminar lo que habían empezado en el jardín. Sin embargo, sabía que no habría vuelta atrás después de eso. Y era algo para lo que no estaba preparada.

–Dime –pidió él–. ¿Hasta dónde has llegado con tu caballero andante?

Insegura de a qué se refería, ella frunció el ceño. Entonces, al ver el brillo malicioso de sus ojos, lo comprendió.

–No hemos... yo nunca...

–No te ha tocado –adivinó él con una lenta sonrisa y meneó la cabeza, como si le sorprendiera.

Ofendida, Farah lo empujó del pecho y, en esa ocasión, él la dejó apartarse.

–No voy a hacerlo. No me casaré contigo –murmuró ella.

–Tienes que hacerlo. ¿Has olvidado que mi honor y tu reputación están en juego?

–¡No me importa mi reputación! –gritó ella. No podía pensar en nada peor que el matrimonio. Lo único que quería era ser la dueña de su propia vida y no había nada peor que renunciar a su sueño. Bueno, era peor dejar que su padre muriera en una celda y, tal vez, no volver a experimentar los besos del príncipe. ¡No!, se reprendió a sí misma. ¿Cómo podía ser eso peor?

–Bueno, a mí sí me importa mi honor. Sobre todo, ahora que necesito el apoyo de mi pueblo. No olvidemos que tu padre me ha amenazado con una revuelta.

–Pero...

–Ya está bien. Estoy agotado después de todo lo que ha pasado esta noche. Nos casaremos, Farah. Quizá, es nuestro destino.

Farah siempre había temido tener que pagar por las acciones de su padre. Aunque no había esperado que el precio fuera su matrimonio.

–No va a ser tan malo –prometió él, suavizando la voz–. Seré cuidadoso, *habiba*.

Ella se sonrojó al instante, al comprender a qué se refería.

–No quiero que seas cuidadoso conmigo. Ni nada.

Él sonrió, como si supiera algo que ella no sabía.

–Ya veremos.

Capítulo 10

TRES días después, Zachim era un hombre casado. Debería haberse sentido mal por eso, pues no estaba enamorado de su prometida. Pero se sentía muy bien.

Nada tenía sentido. Sobre todo, no entendía por qué deseaba a Farah como si fuera la única mujer del mundo.

Bueno, sería la única para él a partir de ese momento. Igual que él iba a ser el primero en tocarla.

Y estaba impaciente por hacerlo. Tal vez, debería preocuparle ella no le mostrara más que rechazo. Pero intuía que, por muy mal que hubieran empezado su relación, Farah no lo defraudaría. Quizá podrían llegar a ser felices juntos.

Era una mujer intrigante, tozuda y buena con la espada, además de valiente y leal, con una aguda inteligencia, todo envuelto en un hermoso cuerpo femenino.

Amy nunca le había despertado unos sentimientos tan intensos. Ni ninguna otra mujer.

Entre la multitud, el príncipe buscó a Farah con la mirada y la encontró hablando con su madre. Estaba preciosa con un vestido de color crema hasta el suelo, ajustado a su esbelta figura. Como si hubiera notado que la observaba, ella volvió la cara hacia él.

El fuego de sus ojos le confirmó a Zachim que, aunque ella no quisiera admitirlo, lo deseaba también. La temperatura le subió al instante. No podía pensar en nada más que en la hora de irse a la cama juntos.

–¿Quieres beber algo, hermano?

Maldiciendo para sus adentros, Zachim arqueó una ceja. Sabía que Nadir sentía lástima por él porque no estaba enamorado de Farah. Pero no quería beber. No quería que nada adormeciera sus sentidos en la noche de bodas.

–No. Estoy bien.

¿Era todavía demasiado pronto para irse? El recién casado se miró el reloj. Llevaban una hora en la fiesta. Ya debía de ser bastante.

–Imogen me ha preguntado adónde vais a ir de luna de miel.

¿Luna de miel? Zachim ni siquiera se lo había planteado. Se había pasado los tres últimos días trabajando, tratando de no pensar en el sexo antes del matrimonio. Sin embargo, en ese momento, se dio cuenta de que una luna de miel sería la excusa perfecta para alejar a Farah de las preocupaciones de Bakaan y de la razón subyacente a su matrimonio. Una oportunidad de partir de cero.

Pero ¿adónde podían ir? ¿A París? ¿Nueva York? ¿Las Seychelles? No, no era buena época para... De pronto, recordó la invitación de Damian. ¿Y si iban a Ibiza?

–No lo recomendaría.

Zachim no se había dado cuenta de que había estado hablando en voz alta hasta que oyó el comentario de Nadir.

–¿Por qué no? Es el cumpleaños de Damian. Debería ir.

–¿Vas a pasar tu luna de miel en la fiesta de cumpleaños de un amigo? –preguntó Nadir, arqueando las cejas.

–Claro que no –negó él. No era tan egoísta–. La fiesta será solo una noche. Tendremos el resto de la semana para disfrutar a solas. ¿Qué hay de malo en ello?

Nadir levantó las manos en un gesto de rendición.

–No sé. Tú eres el experto en mujeres.

–Me alegro de que por fin lo admitas –repuso Zachim. Ibiza era una idea perfecta, divertida y por completo diferente de Bakaan. ¿Qué podía salir mal?

–Ha sido una boda preciosa y estás muy guapa con ese vestido.

–Gracias –repuso Farah de forma automática, igual que había hecho con todas las personas que se habían acercado a ofrecerle sus buenos deseos. Sin embargo, en esa ocasión, la mujer que se dirigía a ella era su suegra.

Desde que había empezado la ceremonia, Farah se había sentido un poco abotargada. No dejaba de recordarse a sí misma que hacía aquello por su padre, aunque no siempre sentía que esa fuera la única verdad. Y eso le preocupaba tanto como el hecho de que acababa de casarse.

–Espero que no te moleste la orquídea.

–¿Qué orquídea?

–Un regalo de boda de mi invernadero privado. Hice que os la llevaran a vuestros aposentos en palacio. Es una especie muy poco común. Simboliza el amor y la fertilidad.

Farah esbozó una sonrisa forzada. Zachim le había pedido que no revelara a su madre la razón por la que se casaban. Ella no sabía por qué, pero había aceptado. En ese momento, sin embargo, se sintió como una farsante mientras su suegra la miraba radiante de entusiasmo.

–Mi hijo siempre dijo que se casaría solo por amor y me alegro mucho de que lo haya hecho, porque se lo merece.

«¿Amor?». Farah nunca habría pensado que su flamante marido se hubiera visto motivado por un sentimiento tan profundo y se preguntó si habría estado enamorado de esa mujer con la que había estado a punto de casarse en el pasado. Si era así, ¿seguiría pensando en ella? Se le encogió el estómago y, para intentar distraerse, le dio otro trago a la bebida burbujeante que tenía en la mano, olvidando que Imogen le había recomendado no abusar de ella.

Entonces, se dio cuenta de que su suegra parecía estar esperando a que respondiera algo. Ella no sabía qué decir cuando, por suerte, llegó Zachim a interrumpir su conversación.

–Espero que mi madre no se esté poniendo muy pesada –dijo él, y sonrió como cualquier marido que hubiera estado enamorado de su esposa.

–Nada de eso –contestó ella un poco sin aliento, tratando de no olvidar lo mucho que él le desagradaba.

Al percibir el cariño con que Zachim miraba a su madre, admitió para sus adentros que su padre le había inculcado tantos prejuicios hacia ese hombre y su familia que le costaba diferenciar la ficción de la realidad. Eso la hizo recordar el comentario que le había hecho de que, tal vez, su padre no era el único que vivía anclado al pasado. No, ella no vivía en el pasado, se repitió a sí misma.

Al otro lado del salón, su padre hablaba con un grupo de hombres, como si hubiera olvidado todos los sucesos que habían desembocado en esa noche. Era la única persona de su aldea presente, porque ella no había querido invitar a nadie más. Sin embargo, en ese momento, deseó haber invitado a su mejor amiga, Lila. Al menos, podría haberle ofrecido apoyo moral y algunos consejos sobre la noche de bodas.

La perspectiva de dormir con el príncipe le provocaba un tumulto de emociones difícil de sofocar. Para intentarlo, le dio otro trago a su bebida. ¿Era comprensible que estuviera deseando que llegara el momento de acostarse con un hombre al que no amaba? ¿Sería tan delicioso como besarlo o quedaría decepcionada, como había escuchado que les había pasado a otras mujeres? De alguna manera, intuía que no iba a quedar defraudada, sin embargo. Solo de pensarlo, se estremeció.

–¿Tienes frío, *habiba*? –Zachim se acercó más a ella.

Farah negó con la cabeza. No tenía frío. Estaba muy caliente.

Como si lo hubiera adivinado, él le puso la mano sobre la cadera con ademán posesivo.

–Me temo que tenemos que dejarte, madre. Nos espera nuestra luna de miel.

–Oh, qué romántico. Hacedme muchos nietos.

«¿Luna de miel?». «¿Nietos?». A Farah se le encogió de nuevo el estómago. Sin duda, la boda del príncipe Nadir e Imogen la había influido de forma absurda, haciéndole desear cosas que nunca había querido, cosas que la someterían a su marido igual que les sucedía a todas las mujeres de Bakaan.

Antes de que pudiera decirle a su marido que no tenía ganas de ir de luna de miel, él acercó la nariz a su cabeza.

–Hueles muy bien. ¿Qué esencia has usado en el baño? –preguntó él en un susurro.

–Veneno –repuso ella, levantando la barbilla.

–Entonces, esta noche moriré feliz.

Su ronca risa hizo que Farah se pusiera todavía más nerviosa y volvió a beber para tranquilizarse.

–Sigue soñando.

–Tal vez deberías beber agua, en vez de eso –comentó él, frunciendo el ceño.

–Pero esto me gusta mucho –replicó ella y, en ademán desafiante, se terminó el vaso entero–. ¿Cómo se llama? –preguntó, un poco mareada por tanto alcohol. Aunque la mirada de desaprobación de él merecía la pena.

–Champán –respondió él con el ceño fruncido–. ¿Nunca lo habías probado antes?

–Millones de veces. Lo destilamos en la choza contigua a la de mi padre.

Zachim la miró y se rio con suavidad.

–De acuerdo. Me lo merezco –dijo él con una sonrisa–. Vamos, Farah, tenemos que irnos.

–Creo que no es apropiado que nos vayamos tan temprano –indicó ella, presa de los nervios. No quería ni pensar en lo que pasaría al final de la velada.

–Es bastante tarde ya –afirmó él con una sonrisa condescendiente.

–¿Adónde vamos? –quiso saber ella, cada vez más mareada.

–A Ibiza.

–¿Dónde es eso?

–Es una pequeña y preciosa isla en la costa de España. Te va a encantar.

Farah arqueó una ceja. Siempre había querido viajar a lugares lejanos, aunque nunca había creído que llegaría a hacerlo.

–Porque tú lo digas.

El príncipe la sujetó de la barbilla con suavidad y le acarició el mentón. Al sentir su contacto, ella notó como si le burbujeara toda la piel.

–Sé que quieres que discutamos otra vez, pero no voy a complacerte –indicó él–. Es hora de hacer el amor, Farah, no la guerra. ¿No te parece mejor?

Entonces, cuando él le posó la mano en la parte baja de la espalda y la acarició hasta la nuca, muy a su pesar, una deliciosa excitación le derritió los huesos.

Media hora después, estaban acomodados en el jet de la familia real.

–¿Dónde están los demás asientos? –preguntó ella, mirando los sillones de cuero y las mesas del interior.

–Es un avión privado –contestó él–. Tendrás que sentarte y ponerte el cinturón cuando despeguemos. Luego, podrás levantarte. Hay un dormitorio en la parte de atrás y dos baños. ¿Estás bien?

–No estoy segura –dijo ella, llevándose la mano a la cabeza–. Creo que me duele.

–¿Ya? –inquirió él con tono burlón–. Creía que las esposas tardaban un poco más en inventarse la excusa del dolor de cabeza.

–Ay –gimió ella y se puso pálida.

Zachim la obligó a colocar la cabeza entre las rodillas.

–Así estoy peor.

–Es por el champán.

Cuando las náuseas cedieron, Farah se incorporó despacio.

–¿Cómo es posible que algo que sabe tan bien me haga sentir tan mal?

–Debe beberse en pequeñas dosis.

–Pequeñas dosis. Pequeños pasos –comentó ella.

–Exacto.

–Creo que ya estoy bien –dijo ella, sin poder abrir los ojos.

–Túmbate.

Justo en ese momento, el avión aceleró por la pista de despegue y a Farah se le revolvió el estómago al remontar el vuelto.

–Oh, no... yo... ¡Ay!

Antes de darse cuenta de qué pasaba, estaba entre los brazos de Zachim y, acto seguido, vomitaba en la taza del váter. Por suerte, no tenía mucho en el estómago, pues había estado demasiado nerviosa como para comer en el banquete.

–Odio el champán –murmuró ella. Se sentía tan mal que apenas lograba estar avergonzada.

–Pensé que te encantaba –dijo él con una risita.

–Ya no.

–Por desgracia, te sentirás peor mañana.

–Por favor, dispárame si es cierto.

–No quiero dispararte, *habiba* –le susurró él con voz sensual.

Farah tomó el vaso de agua que le ofrecía y se lo bebió entero. Luego, apenas fue consciente de cómo la llevaba en brazos hasta una superficie plana y mullida.

Notó cómo le soltaba el moño de la cabeza y gimió con suavidad cuando le recorrió el pelo con los dedos.

–Me gusta mucho tu cabello.

Ella frunció el ceño, sin abrir los ojos.

–¿Ah, sí?

–Sí. Y tus cejas –añadió él, recorriéndole una de ellas con la punta del dedo–. Son como las alas de un cuervo en pleno vuelo. Y tu nariz...

–Mi nariz es demasiado grande.

–Te queda bien –afirmó él, deslizando el dedo por ella–. Y tu boca...

Ella bostezó y se acomodó un poco más en la almohada, que olía justo como el príncipe. Por alguna razón, se sintió segura y relajada, como si no tuviera nada en el mundo por lo que preocuparse. Era una experiencia nueva para ella.

–¿Qué le pasa a mi boca? –preguntó Farah, somnolienta.

–Tu boca –dijo él–. Digamos que tu boca no me deja dormir por las noches.

–Umm, eso es agradable.

Él se rio.

–Me alegro de que te lo parezca.

Mientras su marido le acariciaba el pelo, ella entró en el mundo de los sueños, incapaz de seguir escuchando sus suaves palabras.

Cuando, por fin, recuperó la consciencia, Farah se alarmó. Debería estar sacando agua del pozo y preparando el desayuno. Le sorprendió la suavidad de la cama y vio que unas vaporosas cortinas blancas se movían por la brisa. Acostumbrada a percibir las cosas por el olfato, inspiró hondo. El aire estaba húmedo y salado.

Intentó recordar lo que había pasado para llegar hasta allí, pero tenía una laguna desde que había vomitado en el lujoso avión. No sabía cómo había llegado a esa cama que era más grande que su propia habitación.

¿Y dónde estaba él? Alzándose sobre un codo, movió la cabeza para comprobar cómo se sentía. Por suerte, no le dolía la cabeza. Pero tenía una sed terrible.

Cuando apartó la sábana, frunció el ceño al ver que solo llevaba puesta la ropa interior. ¿Significaba eso que la había desnudado Zachim la noche anterior? ¿O tendría un ejército de criadas allí también?

En el baño, encendió la luz y le sorprendió comprobar que tenía un aspecto bastante normal, aparte de la mancha de Kohl alrededor de los ojos y el pelo revuelto. Se quitó el maquillaje y se lavó los dientes con el cepillo que encontró sin estrenar en un vaso dorado junto al lavabo de mármol. Intentó desenredarse el pelo, pero decidió que era imposible. Justo cuando iba a salir, captó su reflejo en un espejo de cuerpo entero. La ropa interior que le habían dado para la boda era blanca y delicada como una tela de arana. El sujetador era de media copa, las braguitas dejaban entrever el pelo de su pubis y le daban un aspecto tentador y erótico.

¿La habría desnudado Zachim?, se preguntó de nuevo, excitándose al pensarlo. Esperaba que hubiera sido una criada. ¿O no?

Confundida consigo misma por sus contradictorios pensamientos, agarró un albornoz de detrás de la puerta y se lo puso. En realidad, deseaba que Zachim la hubiera desvestido y le hubiera gustado lo que había visto.

Pero ¿dónde estaba él?

Lo encontró dormido en un sofá en el salón adyacente. Estaba tumbado boca arriba, con los pies colgándole por el brazo del sofá. Ya no llevaba la ropa de la boda, sino unos pantalones de chándal y nada más...

Qué cuerpo tan perfecto, observó ella, paralizada. Tuvo deseos de acercarse y recorrerlo con las manos, deteniéndose en el vello moreno que tenía en el pecho y le bajaba por el centro del torso como un tentador sendero. Por supuesto, no lo hizo. Para poder pensar con claridad, lo primero que debía hacer era dejar de mirarlo.

—Estás despierta.

Sus ojos se encontraron.

Era obvio que él también estaba despierto.

Ella tragó saliva, sintiéndose avergonzada por que la hubiera sorprendido observándolo.

—Sí.

—Es temprano —dijo él con un bostezo, mirándola con los ojos brillantes.

—Lo siento si te he... despertado.

—No. Este sofá no es muy cómodo para dormir.

—Oh, deberías haber... —murmuró ella, señalando al dormitorio. Era su marido. Debería dormir con ella. El día anterior, ese pensamiento la había aterrorizado, pero, al verlo en el sofá, ya no tenía tanto miedo—. ¿Me has desvestido tú? —preguntó y se sonrojó al instante—. Quiero decir...

–Sí, te desnudé yo.

–Oh –dijo ella, cerrándose todavía más el albornoz–.
Creí que a lo mejor tenías criadas –añadió, sintiendo la
boca seca de nuevo. ¿Cómo podía un hombre ser tan
atractivo? Para colmo, al verlo así, con el torso desnudo, le subía la temperatura sin remedio–. No quería
despertarte.

–Te he dicho que no me has despertado. ¿Cómo tienes la cabeza?

Farah tardó un minuto en darse cuenta de que se refería a su resaca.

–Eh... bien –titubeó ella–. Gracias por ocuparte de
mí anoche.

–Fue un placer.

La suavidad de su voz, llena de sensuales promesas,
invadió a Farah.

Sin embargo, por alguna razón, sentía que debía resistirse. Quizá fuera porque ese hombre le hacía sentir
emociones demasiado intensas. Como para demos-
trarlo, se le endurecieron los pezones bajo el albornoz,
como si se los hubiera tocado.

Despacio, él se levantó y comenzó a caminar hacia
ella.

Farah no se movió. No pudo. Solo esperó, conteniendo la respiración. Cuando llegó a ella, alargó la mano
y le colocó un mechón de pelo detrás de la oreja.

–¿Quieres... café? –preguntó ella, nerviosa, con el
cuerpo tenso por el miedo y el deseo.

–¿Café? –repitió él, meneando la cabeza–. No, mi
hermosa mujer, no quiero café –dijo, enredando los dedos en su pelo–. Te quiero a ti –susurró y la acercó contra su cuerpo hasta que lo único que los separaba era el
albornoz y los pantalones de él–. Desnuda.

Ella se estremeció, hipnotizada por el deseo que ar-
día en los ojos de él.

–Quítate el cinturón.

Como alguien en trance, Farah se desató el cinturón.

–Ahora, ábrelo.

Despacio, ella obedeció. Las puntas de sus pezones rozaron el pecho de él. Entonces, gimió y le cedieron las rodillas.

–Sí –dijo él con voz ronca y sensual, antes de sujetarle la cara y besarla.

Capítulo 11

QUIZÁ por el ambiente mágico de las primeras horas del amanecer o, tal vez, por su estado de nervios, Farah no pudo seguir resistiéndose. Se abrió a él, perdida en la loca pasión que desataba en ella.

Lo rodeó con sus brazos y arqueó el cuerpo mientras la acariciaba desde los hombros a los glúteos.

Él soltó un gemido sensual y excitante, a lo que el cuerpo de Farah respondió con una inundación de calor entre las piernas. Enfebrecida, ella se aferró a sus hombros, poniéndose de puntillas en busca de la posición perfecta. Quería sentir su erección. ¡Oh! ¡Estaba ahí!

–¡Zachim!

Él sofocó su exclamación con un beso, mientras posaba ambas manos en sus pechos. Ella se arqueó más, deseando que le acariciara los pezones. Nunca se había sentido tan bien en su vida, pensó, hundiendo la boca en el cuello de él, besándolo en la mandíbula, la mejilla, en todas partes.

Zachim volvió la cabeza y la capturó con su boca, al mismo tiempo que le apretaba los pechos con suavidad y deslizaba un muslo entre las piernas de ella, incendiándola todavía más.

De pronto, Farah quiso que le tocara algo más que los pechos y gimió de placer cuando él bajó una mano a su parte más íntima. Concentrada en el calor de su palma, se sintió como si fuera una especie de instrumento que solo él sabía tocar.

Sujetándola de los glúteos, el príncipe inclinó la cabeza y comenzó a succionarle un pezón. Ella gritó y se agarró con fuerza a él para no caerse.

–Qué hermosa. Qué dulce –susurró él, metiéndose un pezón entre los dientes, mientras con los dedos jugaba con sus braguitas de encaje.

Vagamente, Farah se dijo que debía detenerlo. Pero estaban casados. Él tenía permiso para tocarla así. Y ella tenía permiso para levantar las caderas contra su mano y abrir más las piernas para facilitarle el camino... Cuando él le introdujo un dedo por debajo de las braguitas, ella gimió y echó la cabeza hacia atrás, golpeándose con la pared.

Eso la hizo recordar.

–Yo no... Esto no es... Nunca he... –balbuceó ella y le agarró la mano para detener su exploración.

–¿Tú no qué, *habiba*?

Cuando el príncipe deslizó los dedos por los pliegues de su parte más íntima, ella se olvidó de lo que iba a decir. Nada importaba, excepto las deliciosas sensaciones que le provocaba.

Con los ojos cerrados, Farah no se había esperado que él se pusiera de rodillas y le quitara las braguitas. Lo miró al instante, nerviosa.

–Oh. Yo... Tú... –dijo ella.

–Shhh –dijo él, y le levantó una de las piernas para ponérsela encima del hombro–. Quiero saborearte.

Perdida en un mar de calor líquido, Farah se agarró al pelo de él mientras la lamía despacio. En parte, quería apartarlo y, en parte, ansiaba apretarse contra él.

Ganó la segunda parte y él la recompensó con más caricias.

–Eso es, *habiba*, déjate llevar –susurró él.

Enseguida, Farah dejó de saber qué le estaba haciendo exactamente o con qué parte de su cuerpo se lo hacía. Sentía cada célula invadida por una sensación caleidoscópica de placer.

—Sabes muy bien —dijo él entre caricias—. Caliente y dulce.

—Zachim... por favor, por favor, yo... —balbuceó ella. No sabía qué le pedía, pero, de pronto, gritó y la oleada del clímax la paralizó un instante antes de convertirla en un manojo de espasmos de placer.

—Te tengo.

Ella sintió la mano de él entre las piernas, sus dedos dentro, absorbiendo los espasmos que no paraban nunca, mientras la abrazaba.

—¿Qué acabas de hacerme? —preguntó ella al fin, cuando consiguió hablar.

Él la besó en la boca.

—Ha sido un orgasmo —explicó él con masculina satisfacción.

—Ah —dijo ella, y se lamió los labios. Sabía a él y a sí misma.

—Te ha gustado, ¿verdad?

Ella se sonrojó.

—No pasa nada, preciosa. Quiero hacerlo más veces. Me gusta que llegues al éxtasis en mi boca. Quiero... Maldición —rugió él, murmuró algo sobre una cama y la tomó en sus brazos.

—¿Qué pasa?

—Acabo de recordar que nunca has hecho esto antes. No sé cómo he podido olvidarme —añadió, abriendo la puerta del dormitorio—. Lo siento si te he asustado.

Ella hundió la cabeza en su hombro e inhaló su masculino aroma.

—Ha estado bien.

—¿Bien? Ha estado más que bien —dijo él, la colocó sobre la cama y le quitó el sujetador.

Desnuda por completo, Farah lo miró a los ojos. Él apretó la mandíbula.

–Eres exquisita –señaló él, poniéndose encima para tocarle un pecho con la lengua.

–Oh. Oh. Hazlo otra vez. Por favor –rogó ella.

–Con placer, *habiba* –musitó él–. Con placer.

Sus pequeños gemidos y jadeos iban a acabar con él, se dijo Zachim, conteniéndose para no arrancarse los pantalones y penetrarla en ese mismo instante.

Posó una mano en su cadera para hacer que dejara de retorcerse. Quería memorizar cada una de sus curvas. Quería devorarle esos pequeños y dulces pezones. Quería besarla y lamerla por todas partes, empezando por sus labios y terminando entre sus piernas. Jamás olvidaría la forma en que ella había llegado al éxtasis ante su boca y cómo lo había mirado conmocionada con sus grandes ojos marrones.

–¿Zachim? –lo llamó ella con voz suave y sensual.

–¿Qué quieres, preciosa? –preguntó él, rodeándole un pecho con la punta del dedo–. ¿Más?

–Sí. ¡Oh, sí! –exclamó ella–. Pero quiero... quiero verte. Quiero tocarte.

Él también quería. ¡Y cuánto!

–Soy todo tuyo –repuso él y se sentó en la cama.

Ella le posó las pequeñas manos en el pecho, acarició sus músculos con ojos de admiración. Luego, los brazos, los hombros. Sus movimientos se fueron haciendo más lentos mientras bajaba por el camino de vello que se perdía en la cintura del pantalón. Zachim estaba tan excitado que no pudo esperar más y se tumbó encima de ella.

Farah lo miró con ojos interrogantes.

–Quiero que esto dure –explicó él e inclinó la cabeza para besarla.

Ella lo rodeó con sus brazos. Zachim le apartó las piernas e introdujo un dedo entre sus rizos para comprobar si estaba lista. Estaba caliente y húmeda. Ella gimió y levantó las caderas para pegarse a su contacto.

—¿Te gusta? —preguntó él con un gemido de satisfacción—. ¿Te gusta cuando te toco?

—Sí, oh, sí —susurró ella y abrió aún más las piernas.

Zachim deslizó otro dedo dentro de ella, preparándola para su posesión. Orgulloso de sí mismo, se dio cuenta de que los ojos de ella se nublaban, cercanos al clímax. Era suya. Y quería más. Así que inclinó la cabeza para lamerle un pezón mientras con el pulgar le frotaba el clítoris.

—Zachim, necesito más. Por favor. Quiero...

—A mí —la interrumpió él—. Solo a mí.

Con un rápido movimiento, Zachim se quitó los pantalones. Farah abrió los ojos como platos al verlo.

—No te preocupes, *habiba*, encajaremos bien.

Ella tragó saliva.

—No sé cómo.

—Yo me ocuparé. Abre las piernas, Farah.

Despacio, el príncipe se colocó entre sus muslos. Estaba tan húmeda que la punta de su erección la penetró sin esfuerzo. Ella arqueó las caderas hacia él.

—Despacio, *habiba*, no quiero hacerte daño.

Cuando notó que los músculos de su cálido interior se apretaban a su alrededor, Zachim se estremeció, tratando de no perder el control. Inclinó la cabeza para besarla y, poco a poco, la penetró un poco más. Ir tan despacio iba a ser una tortura.

—Preciosa, relájate un poco más para mí.

Empapado en sudor, Zachim apoyó su peso en los brazos, respirando hondo para no hundirse en ella de una sola arremetida.

—Zachim...

–Lo siento, preciosa, pero tengo que... –dijo él, y la penetró en profundidad.

Farah gritó. Él se detuvo, esperando que ella lo apartara. Sin embargo, lo único que hizo fue acariciarle los hombros, la espalda, los glúteos.

Zachim salió un poco y volvió a entrar. Ella estaba suave, húmeda y caliente.

–¿Cómo estás? ¿Te duele?

–No. Me siento como... como si me estuvieras llenando.

–Es lo que estoy haciendo, preciosa –dijo él, y volvió a poseerla con otra arremetida–. Ya estoy dentro del todo.

Cuando ella gritó su nombre, algo primario y desconocido se desató dentro de Zachim. Antes de que pudiera descifrarlo, ella se apretó contra su cuerpo, tratando de seguirle el ritmo. Y él dejó de pensar, guiado por un solo objetivo.

Podía sentir los suaves temblores de sus contracciones cuando ella se arqueó, al borde del orgasmo. Fue un placer tan intenso que el príncipe también se dejó llevar, hasta que estalló con ella en el éxtasis más impresionante que había experimentado jamás.

Después, con Farah dormida a su lado, Zachim se quedó tumbado mirando al techo durante largo rato, preguntándose por qué nunca había sentido nada parecido. Había sido como si el mundo se hubiera detenido por un momento. Nunca había experimentado aquella sensación de plenitud, de felicidad.

Suspirando, se tumbó de lado y la abrazó. Estaba demasiado cansado para tratar de analizar sus sentimientos. ¿Qué importaba, de todas maneras? Farah era su mujer y no había marcha atrás.

Farah abrió los ojos despacio en la habitación llena de luz. Por la ventana, entraban ruidos de las activas calles cercanas. Cuando recordó por qué había quedado exhausta hasta tan tarde, no supo si sentirse encantada o avergonzada. Nunca había experimentado un placer tan intenso en su vida.

Recordó cada uno de sus gemidos, sus gritos y sus súplicas pidiendo más. Revivió cómo le había acariciado al príncipe. Había actuado sin ningún pudor. Y había sido delicioso. Sin embargo, no sabía cómo iba a enfrentarse a él esa mañana.

Después de ducharse, se dio cuenta de que no tenía nada que ponerse. Se asomó a la habitación, donde encontró su vestido de novia en una silla. Pero no podía ponerse eso otra vez. Entonces, vio que también había una camiseta doblada. Era roja y tenía el dibujo de un ave de presa en pleno vuelo. Olía a Zachim y, cuando hundió la cabeza para inhalar su aroma, se estremeció de nuevo. Frunciendo el ceño, se preguntó cómo era posible que estuviera pensando en tener sexo de nuevo. ¿Era eso normal?

Pero estaba decidida a no convertirse en una de esas mujeres pegajosas que vivían solo para servir a su marido. Echándose el pelo hacia atrás, abrió la puerta que daba al salón comedor, con la esperanza de encontrar a Zachim con más ropa puesta que horas antes.

Por desgracia, no fue así. Él estaba de pie, cortando algo en la mesa de la cocina. Solo llevaba puestos sus pantalones y tenía el pelo húmedo como si acabara de salir de la ducha.

De inmediato, a Farah se le aceleró el pulso. El aroma a beicon y café la envolvió, haciendo que le sonara el estómago. Zachim se giró y la recorrió de arriba abajo con los ojos, de esa forma que a ella tanto la excitaba.

Entonces, el príncipe soltó una maldición, dejó el cuchillo y se llevó el pulgar a la boca.

—Oh, no. ¿Te has cortado? —preguntó ella, corriendo

a su lado. Le agarró la mano para examinar el hilo de sangre que le brotaba en cuanto se sacaba el dedo de la boca–. Hay que lavarlo con agua corriente para ver si la herida es profunda.

–No es profunda.

De todos modos, él obedeció y ella le observó el corte con atención. No era profundo, no.

–Necesitamos una tirita. ¿Tienes?

–No sé –repuso él, contemplándola con ojos brillantes–. ¿No te parece raro que acabe sangrando cuando estoy contigo?

–Eso solo pasó una vez –dijo ella con indignación–. Y no creo que puedas echarme la culpa por este accidente.

–Te presentas sin nada encima, a excepción de mi camiseta. ¿Qué esperas? Es un arma más peligrosa que cualquier espada –replicó él, recorriéndola con la mirada–. Por favor, dime que, al menos, llevas puestas las braguitas.

Ella se sonrojó.

–Me las rompiste ayer –indicó Farah. Justo cuando se había arrodillado a sus pies.

Cuando el príncipe se quedó paralizado, ella adivinó que estaba recordando las mismas imágenes que ella.

–Es verdad –admitió él y la abrazó–. ¿Cómo te encuentras?

Avergonzada. Confundida. Excitada.

–Bien –contestó ella al fin. No sabía cómo se suponía que debía actuar después de haber hecho el amor con un hombre que seguía siendo casi un extraño para ella.

–¿No te duele? No fui tan suave como te había prometido en tu primera vez.

Farah se puso furiosa cuando no pudo evitar sonrojarse otra vez, mientras el príncipe mantenía su aspecto controlado y calmado de siempre.

–No me duele nada –mintió ella, decidida a mostrarse tan impasible como él.

Cuando iba a darse media vuelta para servirse un café, él la agarró de la cintura y posó las manos en sus pechos.

–¿Zachim?

–¿Y esto te duele? –preguntó él, acariciándole los pezones con los pulgares–. ¿Fui muy brusco en esta parte? –la provocó, notando que ella se derretía ante su contacto.

–Yo... esto... ¿Qué tal tienes el dedo?

–El dedo no es la parte de mi cuerpo que más me preocupa ahora mismo –indicó él y se bajó la bragueta del pantalón.

Farah se estremeció al ver lo que salía de allí. E hizo lo que había querido hacer desde que había notado su erección la primera vez. La rodeó con la mano.

Él gimió y se agarró a la mesa, con todo el cuerpo tenso. Olvidándose de lo confusa y extraña que la hacía sentirse, ella movió la mano hacia delante y hacia atrás, complacida por cómo la expresión de él se nublaba de deseo.

–Más fuerte –pidió él, echando la cabeza hacia atrás.

–¿Así?

–Oh, sí, así –repuso él, mirándola entre los párpados medio cerrados.

Sin darse tiempo para pensar, Farah inclinó la cabeza y se metió la punta en la boca. Como respuesta, él emitió un profundo gemido y la sujetó de la cabeza. Al saborear su masculinidad y su calor, sintió una oleada de calor entre las piernas.

–Basta –rogó él, urgiéndola a levantar la cabeza. Le quitó la camiseta, la tumbó en la mesa y se colocó sobre ella. Presa del deseo, le separó las piernas e introdujo un dedo dentro–. Estás húmeda y preparada, *habiba* –gimió.

Cinco minutos después, Farah estaba empapada en sudor en la cama, con un hombre imponente jadeando encima de ella.

–Farah, diablos... –protestó él, levantando la cabeza un momento–. Había planeado, al menos, darte de comer primero. Lo siento.

–No importa. Ha estado...

–¿Bien?

–Sí.

–¿Muy bien?

–Sí –admitió ella con un suspiro–. ¿El sexo siempre es así?

–Se llama hacer el amor. Y no siempre es así.

«¿Hacer el amor?».

–Oye, Zachim –dijo ella, arrugando la nariz al oler a quemado.

–¿Sí? –preguntó él, acariciándole la curva de la espalda.

–¿Has apagado el fuego?

–Por todos los diablos –dijo él, y se levantó de un salto para correr a la cocina.

Después de ponerse la camiseta, ella lo siguió. Lo encontró metiendo una sartén humeante debajo del grifo.

–Espero que te guste el beicon muy hecho.

Farah se rio.

Más tarde, comieron y se sentaron juntos a tomar café, ante las bonitas vistas de la bahía Talamanca.

Corría una suave brisa marina y el mar estaba en calma, igual que los pensamientos de él. La sensación de vacío e inquietud que no le había dejado en paz desde hacía semanas parecía haber amainado. ¿Había sido gracias a ella?

No tenía ni idea de lo que Farah sentía.

Era algo nuevo por completo, pues estaba acostumbrado a que las mujeres bebieran los vientos por él y lo encontraran fascinante. Sin embargo, ella le había dicho que era más tonto que un camello. Al recordarlo, sonrió y decidió borrar la mirada pensativa de su acompañante.

Se aclaró la garganta, no tan seguro de sí mismo como había estado durante toda su vida.

–Pareces preocupada, *habiba*. ¿Quieres compartirlo conmigo?

Ella lo miró un momento y dejó la taza sobre la mesa.

–No es nada.

Zachim arqueó una ceja. Esperó, conteniéndose para no tomarla entre sus brazos.

–No lo parece.

–Está bien –admitió ella con una débil sonrisa–. Estaba pensando que apenas nos conocemos.

–Bueno, sí nos conocemos. Aunque no creo que te refieras al sentido bíblico.

–No.

–Veamos. Sé que te gusta el café con leche y una cucharada de azúcar y tú sabes que lo tomo solo. ¿Qué más quieres saber?

–No sé –repuso ella con una mueca–. ¿Cuál es tu desayuno favorito?

–Beicon. ¿Y el tuyo?

Cuando ella se rio, el príncipe se lo tomó como una pequeña victoria.

–Pan de pita con humus y yogur con dátiles.

–¿Y una tostada con Vegemite?

–¿Eso qué es? –preguntó ella, frunciendo el ceño.

–Es algo que descubrí en un viaje a Australia. Te encantaría.

–Claro –dijo ella, mirando al cielo con gesto burlón.

Él sonrió.

–¿Y tu color favorito?

–Me gustan muchos. ¿El tuyo?

–El color castaño –contestó él, posando los ojos en su pelo.

Ella se sonrojó.

–¿Tu pasatiempo preferido?

–Las carreras de lanchas. ¿El tuyo?

–Leer.

Zachim sonrió al notar que su mujer se iba relajando.

–¿Lo ves? Creo que nuestro matrimonio está funcionando.

–¿Y qué pasa con el amor?

Él se quedó paralizado con el corazón acelerado. ¿Acaso el amor era importante para ella? ¿Iba a decirle que no lo amaba?

–¿Por qué?

–Tu madre me contó que siempre habías querido casarte por amor.

–Mi madre habla demasiado. Cuéntame dónde has aprendido a manejar tan bien la espada.

Estaba tratando de cambiar de tema, pero Farah no insistió porque, por alguna razón, hablar de amor le molestaba a ella tanto como a él.

–¿Cómo está tu brazo? Esta mañana me di cuenta de que todavía tiene la marca. Siento haberte lastimado.

–No fue nada. Yo siento haberte subestimado. Eres muy buena con la espada.

–Sí, claro –dijo ella, haciendo una mueca.

–Era un cumplido –puntualizó él, tocándole con suavidad la punta de la nariz–. ¿Dónde aprendiste?

Con un fugaz gesto de vulnerabilidad, Farah se encogió de hombros, como si no fuera importante.

–Cuando mi madre embarazada murió, mi padre estaba hundido y nada de lo que yo hacía servía para ayudarle. Un día, cuando estaba tejiendo una cesta para vender en el mercado, vi lo mucho que se divertían los chicos practicando con la espada. Y les pedí que me dejaran unirme a ellos.

—Me sorprende que tu padre te lo permitiera.

—Él no lo sabía —confesó Farah con mirada triste—. Durante mucho tiempo, estuvo como ausente. Pero yo sabía lo mucho que había deseado tener un hijo y quería que estuviera orgulloso de mí. Por eso, me entrené a conciencia y participé en el torneo que hacía nuestra aldea anualmente. Estuve a punto de ganar.

—No lo dudo —señaló él con una sonrisa—. ¿Y tu padre se sintió orgulloso de ti?

Farah posó los ojos en su marido, cayendo en la cuenta de lo fácil que era hablar con él, algo que no se había esperado.

—Yo diría que, más bien, se quedó perplejo —continuó ella con el corazón encogido al recordar el rechazo de su padre y lo impotente que la había hecho sentirse—. A veces, era como si no pudiera hacer nada... —empezó a decir, pero se detuvo de golpe. No le gustaba sentirse tan vulnerable delante de nadie.

—¿Como si no pudieras hacer nada bien? —adivinó él—. Que no te sorprenda tanto, *habiba*. Tu padre no es el único hombre que solo da amor condicional —señaló con mirada triste—. Mi padre estaba cortado por el mismo patrón.

«¿Amor condicional?» Farah nunca lo había visto así. ¿Era eso lo que le ofrecía su padre? En ese momento, le pareció obvio. Sin embargo, en el pasado, siempre había creído que había sido ella quien había fallado en algo.

Una sensación de liberación de apoderó de ella y se rio.

—¿Por qué nunca se me había ocurrido?

Zachim se encogió de hombros.

—Nuestros padres sabían cómo hacernos sentir pequeños.

—¿Quieres decir que tú tampoco te entendías bien con tu padre? —inquirió ella, inclinándose hacia él.

—Eso es un eufemismo —repuso él, riéndose—. Nadir fue siempre su favorito. Nunca tuvo tiempo para el segundón.

Farah se encogió al percibir su tono de dolor. Nunca habría creído que podían tener en común algo como eso.

—¿Y no le guardas rencor a tu hermano por eso? —preguntó ella que, a veces, había albergado resentimiento hacia su hermano no nacido, segura de que su muerte le había quitado a su padre las ganas de vivir.

—No era culpa de Nadir. Mi padre recibió una educación muy dura e hizo lo mismo con nosotros.

—Aun así, te admiro por no sentir que no valías la pena.

—Sí me sentía así, a menudo. Hacía cualquier cosa para conseguir que mi padre me prestara atención. Intentaba ser bueno, divertido, inteligente, fuerte... Luego me di cuenta de que no iba a lograr nada, así que paré. Me uní a la Legión Extranjera, me licencié en ingeniería y fundé mi propia empresa. Cuando volví a Bakaan, como sabes, había mucho por hacer. A mi padre se le habían ido las cosas de las manos e hice todo lo que pude por arreglar la situación, sin darme a conocer.

Farah parpadeó, comprendiendo de pronto.

—Eres tú —dijo ella de forma abrupta. Instintivamente, adivinó que era él quien organizaba los productos que llegaban de contrabando a su aldea y a muchas otras.

—Eso espero —repuso él con una sonrisa.

—Tú eres quien enviaba medicinas y material educativo a nuestra gente.

El príncipe se encogió de hombros.

–Sé que no era mucho, pero era lo único que podía hacer mientras mi padre estaba vivo. Ahora, las cosas cambiarán.

–Gracias. Fue... –comenzó a decir ella, pero la emoción no la dejó continuar. Durante años, había culpado a los Darkhan de la pérdida de su madre. Había aceptado el punto de vista de su padre y lo había hecho suyo. ¿Cómo había podido ser tan estrecha de miras?–. Lo siento. Creo que soy yo quien te había subestimado esta vez.

–Ven aquí. Quiero abrazarte.

Ella se acercó y dejó que la sentara en su regazo.

–¿Sabes? Desde que me contaste que fuiste tú la responsable de aquella publicación hace años, he estado pensando en algo.

–¿Qué?

–Quiero sugerirle a Nadir que te nombre embajadora para el cambio en las aldeas de la montaña.

–¿Qué?

–Eres inteligente, *habiba*. Sería un tonto si no utilizara tu ingenio. Y cambiar años de normas culturales no va a ser fácil. La gente se resistirá. Necesitan a una persona en quien puedan confiar y, en un principio, Nadir y yo seremos vistos con escepticismo.

Farah se mordió el labio inferior, sopesando su propuesta. Lo que el príncipe decía tenía sentido y a ella le encantaría, pero...

–¿Vas a dejar trabajar a tu esposa?

–Siempre que eso no interfiera con sus deberes domésticos, claro.

«Claro», pensó ella. Era demasiado bonito para ser verdad.

–¿Como cuáles?

–Como mantener limpios nuestros aposentos, asegurarte de que mi ropa esté limpia y planchada, servirme siempre que yo te lo pida... ¡Ay!

Farah le dio un puñetazo en el hombro al darse cuenta de que él bromeaba.

—No hablas en serio.

—Para ser una persona no violenta, das unos puñetazos tremendos —repuso él, riéndose.

—No suelo ser violenta —gritó ella—. No sé qué me pasa cuando estoy contigo.

Zachim la envolvió con una ardiente mirada.

—Yo sé lo que te pasa, preciosa. Y, para que lo sepas, me excitas mucho cuando te pones juguetona.

Ella tragó saliva, sintiendo que el deseo la invadía al instante.

—¿Sí?

—Sí —afirmó él y la levantó en sus brazos, como si pesara menos que una pluma—. Pero sí quiero que no desatiendas uno de tus deberes en especial —indicó, señalándose el cinturón del pantalón—. ¿Quieres que te lo explique?

Derritiéndose, Farah lo rodeó con sus brazos.

—A lo mejor me viene bien aprender un poco más.

Capítulo 12

UN RUIDO despertó a Zachim de un profundo sueño. Farah se acurrucó a su lado, dormida.

Antes de llegar a Ibiza, mientras ella había dormido en el avión, el príncipe había hecho planes sobre lo que harían. Primero, explorarían las islas alrededor de la bahía Talamanca, luego irían a un restaurante que él conocía en Dalt Vila y, tal vez, navegarían alrededor de la isla de Es Vedra y contemplarían el atardecer desde allí.

Sin embargo, se habían pasado tres días metidos en su apartamento, entrando y saliendo de la cama. También, Farah había conocido allí la televisión basura y se había hecho una adicta a ella. Al pensar lo mucho que le gustaban las películas de Doris Day, sonrió. Él había intentado explicarle que a los hombres no les gustaban las comedias románticas, pero ella no había hecho más que acomodarse a su lado, así que el príncipe había optado por cerrar la boca y disfrutar de la película.

También había disfrutado mucho de los desayunos. Había encargado que les llevaran las comidas favoritas de Farah y le había encantado ver cómo ella se había esmerado en preparar los platos. También, había intentado hacerle probar un poco de tostada con Vegemite, pero ella se había negado. En una ocasión, había probado un poco del bote con la punta del dedo y había puesto cara de asco. Conteniendo la risa, él la había besado con pasión y le había hecho el amor encima de la mesa.

Adoraba verla con sus camisetas, con el pelo suelto sobre la espalda y los pies descalzos. Era una mujer fascinante. En tan corto espacio de tiempo, sus sentimientos por ella se habían hecho tan intensos que le costaba catalogarlos.

De nuevo, el sonido de unos golpes lo sacaron de sus pensamientos.

–Darkhan, perezoso bastardo –gritó una voz escaleras abajo–. Sabemos que estás ahí. Tus guardaespaldas no lo han dicho.

Ella se puso rígida.

–¿Quién es?

–Shh –murmuró él, desenredándose de su abrazo–. Ya me ocupo yo.

El príncipe se puso los vaqueros y bajó las escaleras. Al abrir la puerta, la luz del sol bañó el suelo de terracota. Damian y Luke estaban allí, sonriendo.

–¡Idiotas! ¿No os han enseñado a llamar primero?

–Lo hemos hecho. No hemos parado de llamarte y enviarte mensajes desde ayer –dijo Damian, y entró en el vestíbulo, pasando de largo delante de él–. No nos respondías –añadió, dándole una palmadita en la espalda–. Me alegro de verte.

–Olvidé comprobar si tenía llamadas –explicó él. De hecho, no había revisado su teléfono desde... ni se acordaba.

Luke entró también.

–Creíamos que una hermosa mujer te había capturado y...

Cuando su amigo se interrumpió, Zachim siguió la dirección de su mirada hacia las escaleras. Farah estaba allí arriba, con nada más que la camiseta puesta, y con un cuchillo en la mano.

El príncipe hizo una mueca. Tenía que mostrarle dónde estaban las maletas con la ropa. En cuanto al cuchillo... Ella gritó cuando se dio cuenta de que los tres hombres posaban los ojos en sus piernas y salió corriendo.

–Vaya –dijo Damian–. ¡Así que acertamos!

–¿Era eso un cuchillo? –preguntó Luke, confundido.

–Ah, uno de mentira –dijo Zachim–. Y no es una mujer cualquiera. Es mi esposa –añadió, sintiendo un intenso orgullo que le tomó desprevenido.

–¿Esposa? Vaya... diablos –balbuceó Damian–. ¿Y no me has invitado a la boda?

–Fue una ceremonia íntima.

–Y... –comenzó a decir Luke, como si todavía no pudiera creérselo–. ¿Cuándo vas a venir al puerto?

–No lo sé. Tengo que hablar con Farah.

Sus dos amigos intercambiaron miradas de sorpresa.

–Pero vendrás a mi fiesta esta noche, ¿no? –inquirió Damian–. Has venido a Ibiza por eso, ¿verdad?

–Si su señora le deja –comentó Luke con tono de burla.

–Bueno, claro. Si su señora dice...

–De acuerdo, de acuerdo –le interrumpió Zachim, que empezaba a preguntarse si sería buena idea ir a la fiesta de Damian–. Ya os habéis divertido bastante, ahora salid de aquí o no habrá regalo de cumpleaños.

–Siempre que el regalo tenga largas piernas y grandes...

Zachim les cerró la puerta en las narices, mientras sus dos amigos rompían a reír. Se alegró de haber dejado de ser un soltero recalcitrante como ellos.

Entonces, subió los escalones de dos en dos y se encontró a Farah sentada en la cama con las piernas cruzadas.

—¿Dónde está el cuchillo? —preguntó él, mirando a su alrededor.

—En la cocina.

Él levantó los ojos al cielo como dando las gracias y sonrió.

—¿Te apetece dar un paseo por el puerto?

—Sí, me encantaría. Pero no tengo nada que ponerme.

Zachim se acercó al armario, abrió la maleta y sacó unos pantalones cortos. Imogen les había preparado varios conjuntos de ropa al estilo occidental, pero Farah todavía no lo sabía. Eligió una camiseta blanca que resaltaría su pelo oscuro y su piel aceitunada y un sujetador que ya estaba deseando quitarle.

Ella frunció el ceño cuando le tendió las ropas.

—¿De dónde ha salido esto?

—Estaba en la maleta.

—¿En la maleta? Pensé que solo llevabas ropa tuya. ¿Por qué no me lo has dicho?

—No me lo preguntaste —repuso él con una sonrisa—. Y tampoco necesitaba que te vistieras.

—Ah —dijo ella, avergonzada. Tomó los pantalones—. ¿Esto qué es?

—Unos pantalones cortos.

—¿Y con qué me los pongo?

—Con una camiseta y sandalias.

—¿Qué más me pongo en las piernas? —volvió a preguntar ella, colocándose los pantaloncitos sobre las caderas.

—Ah, nada.

—¿Quieres que vaya así por la calle?

—Claro.

Farah negó con la cabeza, saltó de la cama e inspeccionó la maleta. Tras un largo rato, terminó con unos vaqueros en la mano.

—¿Dónde están mis ropas?

—Pensé que estarías más cómoda con atuendos occidentales.

Cuando ella apretó los labios, el príncipe se preparó para una discusión. Sin embargo, su mujer lo sorprendió limitándose a suspirar.

—Me lo probaré.

Al verla salir del baño con los vaqueros y una camiseta, Zachim se quedó anonadado. Se le ajustaban a la perfección, resaltando sus curvas y sus piernas.

—No me quedan bien.

—Date la vuelta.

Ella dio un giro y él frunció el ceño.

—Se me acaba de ocurrir otra idea.

—¿Qué?

—Voy a decirle a Nadir que haga una ley para que todas las mujeres de Bakaan lleven vaqueros.

Farah levantó los ojos al cielo y puso los brazos en jarras.

—No digas tonterías.

—Hablo en serio —dijo él, y se acercó para abrazarla por la cintura. Nunca se había sentido tan feliz como en ese momento—. Y quiero hacer el amor con mi mujer una vez más.

Farah no podía dejar de sonreír cuando salieron de la casa. No había esperado sentirse tan feliz por estar casada, ni por estar con ese hombre. Dejándose bañar por la luz del sol, le lanzó una mirada de reojo. Estaba imponente con vaqueros, una camiseta y sus gafas de sol.

Cuando el príncipe la tomó de la mano, a ella se le aceleró el corazón e intentó concentrarse en los alrededores para no pensar en las emociones que la invadían.

El pueblo era precioso, con una bahía de agua cristalina, playas de arena e hileras de casas de color pastel.

Pero fue la gente lo que más llamó su atención. Jóvenes y viejos iban vestidos con una combinación de ropas que nunca había visto en las revistas. Hasta una mujer llevaba un perrito en el bolso con un collar de diamantes y un lazo en el pelo. Entonces, tres mujeres impresionantes comenzaron a caminar hacia ellos. Estaban muy delgadas y bronceadas y llevaban... parecía que iban en ropa interior. Todas miraban a Zachim como si fueran a comérselo vivo.

–Cuidado, *habiba,* me vas a cortar la circulación.

–Lo siento –dijo ella, aflojando su mano alrededor de la de él–. Lo que pasa es que... Esas mujeres no llevan ropa.

Zachim se rio.

–Llevan bikinis. Para nadar –explicó él.

–Qué indecente.

–Sexy –la corrigió él.

–¿Te parece sexy?

–Si lo lleva puesto la mujer adecuada, sí –contestó él, recorriéndola con la mirada–. Es decir, tú.

Farah siguió observándolo todo con estupefacción, mientras el príncipe la llevaba por un precioso puerto con yates del tamaño de un edificio. Al final, había unas cuantas lanchas de carreras colocadas en fila. Había varios hombres a su alrededor y el aire estaba cargado de olor a gasolina, de ruido de motores y de excitación. Más chicas en bikini admiraban el espectáculo, apoyadas en las barandillas del embarcadero como si fueran un decorado.

Pegándose todavía más a Zachim, Farah fingió estar acostumbrada a todo eso cuando él se la presentó a sus dos amigos de antes y un grupo de hombres y mujeres.

Cuando uno de ellos le sugirió al príncipe que probara una de las lanchas, a él se le iluminó la cara.

—Creí que iba a tener que exhibir mis derechos de propiedad para subirme a una.

¿Las lanchas eran suyas?, se preguntó Farah. Cuando Zachim la miró, esperando su consentimiento, ella asintió. No quería confesarle que se sentía como pez fuera del agua allí y que quería regresar al apartamento cuanto antes.

Cuando lo vio alejarse a toda velocidad en una lancha, se quedó clavada en el sitio.

—Mira qué rápido va —comentó Luke, acercándose a su lado—. No hay nadie mejor que él al timón.

Con la boca abierta, Farah observó cómo la lancha con forma de bala se levantaba del agua como si fuera a despegar, antes de caer de golpe de nuevo.

—¿Es normal que haga eso?

—Oh, sí. No me sorprendería que quisiera volver a las carreras.

—¿Carreras?

—Sí, era invencible. Cuando lo dejó, dijo que no volvería a subirse a una de esas lanchas. Pero también dijo que nunca se casaría con una mujer de Bakaan —señaló Luke y le guiñó un ojo—. Nunca digas nunca jamás, ¿eh?

Antes de que Farah pudiera procesar esa información, el príncipe estaba de vuelta y varios hombres rodeaban la lancha para amarrarla.

Cuando vio la expresión de emoción y felicidad de Zachim, se le encogió el corazón al pensar que nunca la había mirado así a ella.

Con un gesto de la cabeza, se despidió de Luke cuando él le dijo que la vería en la fiesta.

—Luke dice que tal vez vuelvas a hacer carreras —le

mencionó ella cuando estaban solos de nuevo, paseando por el puerto.

—No —negó él, dándole la mano de nuevo—. Cuando lo dejé, fue en serio —dijo, y se detuvo delante de un enorme yate del que salía música y sonido de conversaciones—. ¿Preparada?

No, Farah no estaba preparada. Quería preguntarle sobre lo que Luke le había dicho, pero por alguna razón se contuvo. De todas maneras, ¿qué importaba? Sabía que él no había querido casarse con ella y no lo habría hecho si no hubiera sido por su padre.

Cuando se dio cuenta de que él la observaba, se preguntó si adivinaría lo incómoda que se sentía.

—Claro —dijo ella, y levantó la cabeza con orgullo. No quería actuar como una mujer que no pudiera ocuparse de sí misma.

Aun así, Farah no consiguió relajarse a bordo del yate, sobre todo, cuando cada vez se clavaban en ella más miradas de curiosidad. Las mujeres se mostraban ansiosas por saber de dónde había salido y cómo había conocido al príncipe. Ella les ofrecía solo respuestas vagas. Cuando les dijo que su padre los había presentado, Zachim sonrió.

Durante todo el tiempo, él se mantuvo a su lado, presentándola con orgullo como su esposa. Eso la complacía más de lo razonable. Sobre todo, si tenía en cuenta que había sido un matrimonio forzado. En los tres días que habían pasado aislados en el apartamento, ella había llegado a descubrir que no se había casado con un déspota arrogante, sino con un ser humano con corazón. De todas maneras, él no había elegido esa unión por propia voluntad, se recordó a sí misma, mientras las palabras de Luke resonaban en su mente.

—¿Lo estás pasando bien?

Farah iba a contestarle que prefería estar con los camellos en su aldea, cuando lo sorprendió mirándola con una expresión llena de ternura. De pronto, decidió que tenía que aprender a disfrutar de ese mundo que a él parecía gustarle tanto.

–¡Sí!

–Me alegro –dijo él, inclinó la cabeza para besarla con suavidad y la rodeó con un brazo por la cintura. Su contacto le daba seguridad aunque, a pesar de ello, seguía sintiéndose vulnerable, rodeada por tantos extraños que cuchicheaban a sus espaldas. ¿Se estarían preguntando qué hacía Zachim con ella? ¿Sabrían que se había visto obligado a casarse? Quizá, si hubiera podido elegir, lo habría hecho con cualquiera de esas mujeres hermosas en bikini que los rodeaban. ¿Acaso Zachim esperaba que se pusiera un triángulo de esos en público? Si era así, se iba a quedar muy decepcionado, porque no pensaba hacerlo.

–Zachim.

Cuando una mujer pronunció el nombre en un suave murmullo, Farah se giró hacia una esbelta rubia que tenía los ojos puestos en su marido. Era delgada y delicada y tan hermosa que era difícil dejar de mirarla.

Acostumbrada a que se le acercaran las mujeres, ella no le dio demasiada importancia, hasta que se percató de que Zachim se ponía tenso.

–Me han dicho que te has casado –dijo la mujer, lanzándole una breve mirada a Farah.

–Sí –afirmó él, rígido–. Amy, quiero presentarte a mi esposa, Farah. Farah, esta es Amy Anderson.

Más de una vez, Farah se había preguntado quién era la mujer con la que el príncipe había estado a punto de casarse. En ese momento, supo que la tenía justo delante. Era obvio por la tensión que ambos emanaban.

La mujer tenía una piel de color crema que Farah nunca lograría tener, ni aunque se pasara diez años lejos del sol. Y, por la forma en que miraba a Zachim, estaba claro que le gustaría ocupar el lugar de su esposa. A su lado, ella se sentía tan atractiva como un hierbajo del desierto comparado con un jardín francés.

—Encantada de conocerte —dijo Farah con una sonrisa que no sentía.

—Lo mismo digo —contestó Amy.

—¿Cuánto tiempo hace que rompisteis? —preguntó Farah cuando la bella joven se alejó de ellos.

—¿Tan obvio era? —quiso saber él con una mueca.

—Una mujer sabe reconocer las señales.

—Hace cinco años.

«¿Cinco años?». ¿Era esa la razón por la que él había vuelto a Bakaan? ¿Le habría abandonado Amy cuando él había decidido regresar a su país? No parecía posible.

Farah quiso preguntarle si había estado enamorado, pero se imaginó que así sería, si había estado a punto de casarse con ella. ¿Todavía la amaba? No se atrevió a pronunciar la pregunta, sin embargo, pues temía conocer la respuesta.

Como si le hubiera leído el pensamiento, Zachim la sujetó de la barbilla para que lo mirara a los ojos.

—Si te preocupa que te engañe, Farah, no lo haré. No soy así. Amy es parte del pasado.

En su corazón, ella sabía que decía la verdad, pero eso no cambiaba el hecho de que el príncipe había querido casarse con Amy y no con ella.

—No me preocupa, yo...

—Príncipe Zachim —les interrumpió de pronto un hombre fornido con un traje de color crema y una sonrisa—. ¿Interrumpo?

—Como siempre, Hopkins —repuso Zachim.

—Siempre me ha gustado tu sentido del humor, Alteza —dijo Hopkins, riéndose—. Esta es Cherry, mi mujer. Y tú debes de ser la flamante esposa de Zachim.

–Farah –indicó Zachim a regañadientes.

–Encantado de conocerte –saludó Hopkins, estrechándole la mano–. Quiero hablar contigo sobre la construcción de hoteles en tu país, Alteza. Ahora me parece buen momento.

–No, ahora no.

–Oh, vamos. Regreso a Dallas mañana. Cherry se ocupará de tu mujercita mientras tanto, ¿verdad, cariño?

–¡Claro! –exclamó una vital pelirroja–. Será un placer.

–En otro momento, Hopkins. Farah y yo ya nos íbamos.

–No pasa nada, Zachim –le dijo Farah, que sabía lo importante que era para Bakaan conseguir inversiones extranjeras–. Estaré bien.

–¿Lo ves? –insistió el estadounidense con una falsa sonrisa.

A pesar de que Zachim no parecía muy conforme, Farah se apartó de ellos y saludó a Cherry, que llevaba la parte de arriba de un bikini de lunares y unos pantalones vaqueros muy ajustados.

Minutos después, se encontró rodeada por las amigas de Cherry, incluida Amy. Todas querían saber cómo había conseguido cazar al príncipe. Pero ella no pensaba contárselo, porque solo demostraría lo poco que significaba para él.

–Al menos, dinos si es tan bueno en la cama como dicen –inquirió una.

–¡Cómo le preguntas eso! –la reprendió otra.

–No finjas que no quieres saberlo, Pansy. Tú misma intentaste seducirlo una vez, sin éxito. He oído que le gustan los tríos. ¿Es verdad?

«¿Tríos?». Por nada del mundo iba Farah a preguntarles qué era eso.

–¡Qué cochina eres! –dijo Pansy riéndose–. Por favor,

ignora a nuestra amiga. Ha bebido demasiado champán
–añadió y tomó a Farah del brazo. Entonces, se fijó en
sus manos vacías–. No estás bebiendo nada. ¡Eso no
puede ser! ¡Camarero, champán!

–Estoy bien –le aseguró Farah–. La última vez que
tomé champán, me sentó mal.

–Ay, qué mona –dijo Tia, mirando a la recién llegada como si fuera un cachorrito de peluche–. ¿No os
parece una monada?

Amy le lanzó una fría sonrisa y le dio otro trago a su
copa.

–¿Desde hace cuánto tiempo os conocéis Zachim y tú?

–No mucho –contestó ella, sintiendo que el interés
de la otra mujer se le clavaba como la punta de una espada.

–¿Fue un noviazgo rápido? –quiso saber Cherry, que
llevaba una bebida roja en la mano con una sombrilla
de papel a juego.

–Supongo que podría considerarse que sí –contestó
Farah, recordando cómo su padre le había ordenado al
príncipe que se casara con ella.

–Debes de ser muy especial para haber captado la
atención de un hombre así –comentó Tia.

–¿No la veis? Es un bombón –dijo Pansy–. ¡Ah!
¡Mirad, ahí está la chica de los regalos!

Sintiéndose un poco mejor por la observación de
Tia, Farah vio acercarse a una joven en bikini que llevaba una cesta con bolsitas de colores.

–¿Qué tienen dentro? Si no son diamantes, no me interesa –bromeó Tia.

–Chocolates –contestó la joven.

–Yo quiero uno –dijo Cherry, tomando una bolsita–.
¿Y vosotras?

–¿De qué es cada uno? –preguntó Pansy, mirando
las bolsitas de tres colores distintos.

–Este de chocolate negro, este blanco y este de chocolate con leche.

–¿Tú cuál quieres, Farah? –ofreció Pansy.

–Negro, por favor –pidió ella y, al recordar la noche en que Zachim había pedido fresas con chocolate y se las había comido encima de su piel, sonrió.

–¿Sí? –comentó Amy–. Yo elegiría el blanco si fuera tú. A Zachim le gusta más la vainilla, no sé si entiendes a lo que me refiero –le espetó, lanzándole una mirada de desprecio por debajo de las pestañas.

Farah parpadeó, dudando de si había comprendido su indirecta. Al ver los ojos como platos de Pansy y la mueca de Tia, comprendió que sí. Sonrojándose, agachó la cabeza para elegir sus chocolates. Quizá Amy tuviera razón acerca de las preferencias de su marido, pero esa mujer solo era el pasado, tal y como él le había asegurado.

–Quizá ha cambiado de gustos –comentó Farah, tratando de fingir calma–. Cinco años es mucho tiempo.

Amy esbozó una sonrisa heladora.

–¿Cinco años? Yo me refería a la semana pasada.

«¿La semana pasada?». Mareada, Farah se dejó invadir por un torbellino de preguntas. ¿Le había mentido Zachim respecto a Amy? ¿Y respecto a la forma en que la había tratado en los últimos días? ¿Solo había querido sacar el mayor provecho posible a una situación que no era de su agrado?

–Oh, mira, ahí está Morgan O'Keefe –señaló Amy–. Disculpadme.

Hubo un breve silencio mientras las mujeres observaban a Amy alejarse. Luego, Pansy le dio una palmadita en el brazo a la recién llegada–. No le hagas caso. Quería empezar una pelea.

–Está celosa –indicó Tia–. Quería convertirse en la princesa de Bakaan, pero le ha salido mal la jugada.

Farah las observó, mientras las mujeres cambiaban de tema y bromeaban entre sí. Pero ya no podía escucharlas. Una pesada desazón se había apoderado de ella.

–¿Nos vamos ya?

Cuando Zachim apareció a su lado, Farah esbozó una sonrisa forzada.

–Sí.

Capítulo 13

DE ACUERDO, suéltalo –pidió Zachim cuando llegaron al apartamento.

–¿Que suelte qué?

Zachim estaba deseando quitarle la ropa y hacerle el amor, pero intuía que algo apesadumbraba a su mujer y quería solucionarlo primero.

–Lo que te preocupa.

–No es nada.

Ella subió las escaleras y él la siguió, sin poder apartar la vista de su trasero.

–No me lo trago.

–¿Qué? –preguntó ella, girándose hacia él con gesto angustiado.

–Es una expresión –explicó él con un suspiro. Cuando llegaron arriba, se detuvo delante de ella–. Habla conmigo. Por favor.

–De acuerdo –dijo ella, y se aclaró la garganta–. ¿Qué es un trío?

–¿Un qué? –replicó Zachim, casi atragantándose por lo inesperado de su pregunta–. ¿Qué? ¿Quién...? ¿Por qué quieres saber eso?

–Una de las mujeres dijo que te gustaban los tríos.

–Ah. Veo que has estado escuchando cotilleos –señaló él, pero, cuando intentó mirarla a los ojos, ella apartó la mirada. Esa no debía de ser la verdadera pregunta que le preocupaba, adivinó.

Zachim se pasó la mano por el pelo, pensando que había sido una mala idea ir a Ibiza. Solo había querido disfrutar de su viejo estilo de vida. Sin embargo, ni siquiera el placer de correr en una de sus lanchas podía compararse con el bienestar que le producía tener a Farah entre sus brazos.

Sin querer pensar demasiado en lo que eso significaba, se concentró en explicarle lo que le había preguntado.

—Bueno, un trío es sexo entre tres personas –indicó él y, cuando ella se quedó mirándolo como si no comprendiera, puntualizó–: Al mismo tiempo.

—Ah. Pensé que tenía que ver con el sexo, quizá con tres posiciones diferentes o algo –admitió ella–. ¿Y son dos hombres y una mujer o dos mujeres y un hombre?

—Puede ser de las dos maneras. ¿Por qué? ¿Te interesa?

—Nunca lo había pensado antes, pero no –contestó ella, arrugando la nariz.

—Bien, porque yo no te comparto con nadie –dijo él, aliviado–. Eso debe responder a tu pregunta sobre si me gustan o no los tríos. Aunque creo que eso no es lo que te preocupa de verdad.

Ella arqueó las cejas, sorprendida.

—¿Cómo lo sabes?

—Lo intuyo. ¿He acertado?

—No.

—Farah...

—De acuerdo, está bien. ¿Viste a Amy la semana pasada?

Zachim parpadeó. Tampoco se había esperado esa pregunta.

—No. No la había visto desde hacía cinco años. ¿Por qué?

—Por nada –contestó ella y se encaminó al salón.

—Farah, dime, ¿por qué lo preguntas? –quiso saber él, siguiéndola.

—Me insinuó que vosotros... Pero debí de entenderlo mal.

Quizá. O, tal vez, Amy había querido causarles problemas porque le enfurecía que él no le hiciera caso. Sin duda, le había molestado encontrarlo casado de pronto. Y eso era culpa suya, reconoció él para sus adentros.

—Amy me mandó un correo electrónico la semana pasada pidiéndome que nos viéramos esta noche.

Zachim casi lo había olvidado. De hecho, le había sorprendido encontrársela y, más aún, comprobar que no sentía nada por ella. Tal vez, Amy se había dado cuenta y había notado que estaba enamorado de su flamante esposa.

¿Estaba enamorado de Farah?, se preguntó a sí mismo.

Al contemplarla en ese momento, tan hermosa con su pelo moreno suelto sobre los hombros y esos ojos tan grandes, comprendió que era su destino. Nunca había sentido la necesidad de hacer reír a ninguna mujer antes, solo porque le gustara el sonido de su risa. Ni había ansiado verlas desperezarse por las mañanas, como le sucedía con Farah.

—Entonces, ¿habías quedado con ella?

Zachim tardó un minuto en recuperarse de sus propios pensamientos y concentrarse en sus palabras.

—Sí, pero eso fue antes de que nosotros nos casáramos. Como te he dicho, no voy a serte infiel. Dijiste que me habías creído.

—Así es —dijo ella, volviéndose de cara a la ventana.

Él tragó saliva. Había esperado hacerla feliz con su declaración y le molestaba que ella lo ignorara y le diera la espalda.

—Sé que tienes dudas, pero te digo la verdad —insistió él. Deseando borrar su expresión de preocupación, se acercó a ella y le tomó las manos. Entonces, descubrió la bolsita de seda que ella llevaba—. ¿Qué es esto?

—Chocolate —contestó ella—. Los regalaban en la fiesta. ¿Quieres uno?

–Prefiero que me digas si me crees, primero.

–Te creo.

–Farah...

–Aunque es chocolate negro –señaló ella, como si eso fuera muy importante.

–A ti te gusta el chocolate negro, ¿no? –preguntó él, sin comprender.

–Me encanta –repuso ella con voz temblorosa.

Sintiéndose incapaz de comunicarse con su mujer en ese momento, Zachim decidió guardar silencio y se quedó a su lado, con la vista puesta en la bahía.

–Es oscuro.

Él esperó, tratando de acallar su impaciencia.

–Podría haber elegido chocolate blanco.

¿Qué diablos...? Zachim se volvió hacia ella y vio que tenía los ojos llenos de lágrimas. Si Amy le había dicho algo para ponerla así, tendría que vérselas con él.

–¿Farah? Mi amor, ¿qué...?

–¿Soy demasiado oscura para ti?

–¿Demasiado oscura?

–Mi piel, mis ojos, mi pelo. Esta noche me he dado cuenta de que solo te he visto fotografiado con mujeres rubias y Luke me dijo que nunca quisiste casarte con una nativa de tu país. ¿Es por eso por lo que...?

Zachim maldijo. Tal vez, tendría que darles una paliza a Amy y a Luke a la vez.

–Escucha. Dije eso una vez, pero era joven y estúpido y solo quería rebelarme contra lo que mi familia esperaba de mí. Ahora estoy casado contigo y nada de eso importa. Es el pasado.

¿Era eso cierto?

Farah quería creerlo con desesperación, pero no era fácil. ¿Cómo podía gustarle cuando no encajaba en el perfil de su mujer ideal? Por mucho que lo intentara, nunca iba a lograr ser lo bastante buena para él, pensó, invadida por una terrible inseguridad.

Entonces, de pronto, una sensación de vértigo anidó en su pecho y comprendió cuál era la causa de su desazón. Entendió por qué le importaba tanto que Zachim no se hubiera casado con ella por propia elección y por qué los comentarios de Amy y de Luke la habían herido tanto.

A pesar de lo mucho que se había rebelado contra ello, se había enamorado de aquel hombre.

Ella, que nunca creyó que algo así fuera a pasarle, que siempre pensó que el amor y el matrimonio limitaban las opciones de una mujer... ¿Cómo había podido ser tan estúpida?

–Farah –dijo él, y la abrazó por detrás, presionando una poderosa erección contra sus glúteos.

Una dulce sensación la recorrió y la llenó de calor y humedad entre las piernas.

–¿Crees que, si pensara que eres demasiado oscura, estaría así?

Confundida por la profundidad de sus sentimientos hacia ese hombre, ella no supo qué decir.

–Dime –insistió él.

–No. Pero podrías estar... pensando en otra persona.

El príncipe la sujetó del pelo e hizo que lo mirara a los ojos. Con la otra mano, le desabrochó el botón del pantalón y la cremallera y deslizó una mano dentro. Ella apoyó la cabeza en su hombro, dejándose llevar por la deliciosa sensación.

–Sí –afirmó él, acariciándole un pecho por debajo de la camiseta–. Eres mía, Farah. Solo mía.

Cuando ella estaba a punto de llegar al orgasmo, Zachim retiró los dedos y le bajó los pantalones.

–No sin mí –dijo él. En pocos segundos, se bajó los

pantalones y, flexionando las rodillas, la penetró en profundidad–. Mírame –ordenó–. Mírame cuando te hago el amor. Mira mi cara cuando estoy dentro de ti. Eres tú quien me hace esto, eres tú quien me hace sentir cosas tan intensas que me dan miedo.

Cuando Farah se estremeció, apretando sus músculos alrededor de él, Zachim gimió y la siguió al clímax. Ella se quedó sin fuerzas, apoyada contra la ventana y solo sujeta por el brazo de él, que la sostenía de la cintura.

–No quería ser tan brusco. Lo siento –dijo él, inclinándose hacia delante para darle un beso en la nuca.

–No pasa nada.

–Llevo todo el día deseando hacer el amor contigo y escucharte decir esas cosas... –comenzó a explicar él y la tomó en sus brazos para llevarla al dormitorio. Allí, la dejó en la cama, se desnudó y se colocó encima de ella.

Irradiando una indiscutible virilidad, sujetándose con los brazos estirados en el colchón para no aplastarla, la miró con ojos inmensos.

–Quiero que confíes en mí.

Farah confiaba en él, hasta cierto punto. Pero llegaría un día en que se cansara de ella, en que no la considerara suficiente. ¿Y qué pasaría entonces?

–No me resulta fácil confiar en los demás.

–No te pido que confíes en los demás –repuso él con fiereza–. Confía en mí. No te voy a hacer daño. Y, para que lo sepas, si alguna vez quieres irte, solo tienes que decirlo.

–¿Irme? –preguntó ella, llena de confusión. ¿Estaba pidiéndole que se fuera?

–No te perseguiré, ni te obligaré a quedarte conmigo por la fuerza –explicó él, acariciándole el pelo con ternura–. Si nuestro matrimonio no funciona, podrás irte.

A ella se le quedó la boca seca de pronto.

–¿Lo dices en serio?

–Sí.

–Pero... ¿cómo? Las leyes de Bakaan no permiten a una mujer dejar a su marido.

–Todavía no. Pero eso es otra cosa que mi hermano y yo vamos a cambiar.

Farah levantó la vista hacia él.

–¿Y mi padre?

–Tu padre ha quedado en libertad.

Al escuchar su afirmación, Farah volvió a sentirse abrumada por la profundidad de sus emociones. Hundió la cabeza en su hombro, pensando que no tenía nada que ofrecerle, nada que se pudiera equiparar a lo que él le había dado.

Cuando notó que la besaba en la cabeza, tuvo ganas de llorar.

–No pasa nada, mi pequeña Zenobia –la consoló él, abrazándola con fuerza–. Volveremos a Bakaan mañana y nos dedicaremos a nuestro matrimonio. Todo va a salir bien. Ya lo verás.

Capítulo 14

SIN embargo, cuatro semanas después, las cosas no estaban saliendo bien. Todo iba mal y Zachim no tenía ni idea de cómo rectificar la situación. Desde que habían vuelto de Ibiza, Farah se había mostrado distante y reservada. Ni siquiera había conseguido hacerla feliz llevándole su caballo a palacio.

Pensativo, miró la lista de reformas de ley que llevaba analizando durante la última semana. Una de ellas era la nueva legislación que daba derecho a divorciarse a las mujeres.

En ese momento, tenía la sensación de que eso era justo lo que Farah quería hacer, separarse de él. Pero Zachim no quería dejarla marchar. Para colmo, desde que habían vuelto habían estado muy ocupados con asuntos de estado y apenas habían tenido tiempo para estar solos. Como había prometido, Farah había sido nombrada embajadora del cambio en las aldeas de provincias. Ella se tomaba su trabajo tan en serio que solía llegar a la cama exhausta. Tanto que él no había querido molestarla y la había dejado dormir.

Tal vez, la privación de sexo era la razón de su estado de desasosiego, se dijo el príncipe. Pero no era eso y lo sabía. Lo que sucedía era que se había dado cuenta de que amaba a su mujer y ella no lo correspondía. Peor aún, temía que, como Farah había logrado lo que había pretendido con su matrimonio, que liberara a su padre, ya no le interesaba seguir con él.

Frustrado y agitado, Zachim se levantó de su mesa y se acercó a la ventana. De inmediato, vio a Farah en los establos, cepillando a su bonito semental.

Atendía al maldito caballo más que a su marido, pensó con impotencia. En ese momento, se arrepintió de habérselo llevado. Cuando lo había hecho, había esperado que ella se hubiera alegrado y le hubiera dicho lo mucho que lo amaba. Pero no había sido así.

Farah había abrazado al caballo en vez de a él. Frotándose la nuca, Zachim se preguntó qué podía hacer con su matrimonio. Lo más lógico era que dejara marchar a su mujer, si eso era lo que quería. Sin embargo, no estaba preparado para eso.

Él, que había luchado en la guerra, que había llevado lanchas a doscientas millas por hora y había fundado su propia empresa sin ningún apoyo de nadie, tenía miedo de confesarle a su esposa sus sentimientos.

Era patético.

Observando cómo ella resguardaba a Rayo de Luna para pasar la noche, sonrió con amargura. Era hora de que se sincerara con ella. Si su mujer se lanzaba a sus brazos y le hacía el amor en el establo, mucho mejor. Si quería dejarlo, entonces... lo aceptaría también.

Mientras metía a Rayo de Luna en el establo, Farah recordó el día que Zachim le había llevado a su amado caballo.

–¿Es necesario que lleve esta venda en los ojos?

–Sí.

–Estamos en los establos –había adivinado ella, después de inspirar el inconfundible olor.

–Correcto.

Entonces, ella se había quitado la venda y, al ver a su precioso caballo, se había quedado muda.

–¿Qué? ¿Cómo?

–He hecho que te lo traigan.

–Oh, te quiero –había dicho Farah, abrazando a Rayo de Luna. Había repetido las palabras una y otra vez, como si hubiera estado hablando con el animal, pero no había sido así.

Sin embargo, en vez de tomarla entre sus brazos, Zachim se había mostrado distante, se había excusado y la había dejado a solas con el caballo.

Esa había sido la tónica general en las últimas semanas. Zachim siempre la dejaba a solas para desayunar, por motivos de trabajo, o se acostaba tarde y demasiado cansado para tocarla.

Ella sabía que estaba ocupado y no podía echárselo en cara. Pero lamentaba que no se mostrara más abierto con ella. Era como si lamentara su matrimonio. Con un nudo en la garganta, se preguntó si su viaje a Ibiza no le habría hecho darse cuenta de que había cometido un error al casarse con ella.

Oh, él le había asegurado que no era así, pero ¿qué otra cosa podía haberle dicho? Sabía que Zachim no pondría en juego la estabilidad del país, ni se arriesgaría a desatar una guerra civil si le hacía un feo a la hija del jefe de una de las tribus más rebeldes.

Cabizbaja y desanimada, Farah le puso la comida a Rayo de Luna y apoyó la cabeza en él mientras comía.

–¿Farah?

Ella se giró de golpe, perpleja al ver a Amir en la puerta, escoltado por uno de los guardias de palacio.

–¡Amir!

–Disculpe por la intromisión, Alteza –dijo el guardia–. Me dijeron que podía encontrarla aquí y el señor Dawad insistió mucho en que tenía que verla.

–Está bien, gracias.

Cuando el guardia se fue, Farah se quedó mirando a

Amir. Cuánto había echado de menos los rostros familiares de su aldea.

–¿Le ha pasado algo a mi padre?

–No, está bien, aunque está preocupado por ti –contestó Amir, acercándose–. Creo que lamenta haberte obligado a casarte.

–Ah.

–Quiere saber si eres feliz. Todos queremos saberlo.

–Amir...

–Antes de que digas nada, me gustaría disculparme por mi comportamiento en el pasado. Te presioné porque estoy enamorado de ti, pero sé que no hice bien.

–Oh, Amir, yo... No me había dado cuenta –confesó ella. Siempre había creído que Amir solo había querido utilizar su unión para asegurarse su puesto como futuro líder de su tribu.

–Lo sé –replicó él con una débil sonrisa–. ¿Eres feliz, Farah? Si no lo eres, te sacaré de aquí.

Farah cerró los ojos. Deseaba poder decirle que nunca había sido tan feliz, pero no podía mentirle. Además, se sentía fatal después de haber escuchado su declaración de amor. Ella sabía bien lo horrible que era amar sin ser correspondido.

–No soy infeliz –murmuró ella y no era mentira del todo. No era infelicidad lo que sentía, sino una profunda tristeza por que Zachim no correspondiera a sus sentimientos.

–Eso no basta.

Justo cuando Amir iba a agarrarle las manos, una voz furiosa los sobresaltó a ambos.

–¿Quién diablos te ha dejado entrar en palacio?

Farah se volvió de golpe hacia su esposo.

–Saludos, Alteza –dijo Amir con tono de desprecio.

–Zachim, Amir estaba...

El príncipe meneó la cabeza.

–Le he preguntado a él, no a ti. ¿Qué estás haciendo aquí?

Amir intentó no mostrar debilidad, ni miedo.

–He venido a visitar a Farah. ¿O está prohibido?

–Sí, está prohibido –le espetó el príncipe, rojo de furia.

–Zachim...

–Tranquila, Farah –dijo Amir, sin quitarle los ojos de encima al príncipe–. Me iré.

–Claro que te irás –señaló Zachim con mirada asesina.

Cuando Amir pasó a su lado, murmuró algo entre dientes. Ella no lo oyó, pero su marido sí. Al instante, llamó a los guardias para que lo echaran de allí.

–¿Cómo te atreves a tratar así a mi amigo? –le reprendió ella cuando se hubieron quedado a solas.

–¿Por qué ha venido a mi casa sin avisar?

–¿Tu casa?

–No utilices juegos semánticos conmigo, Farah. ¿Qué quería?

–Quería arreglar las cosas.

–No es bienvenido aquí –rugió él.

Ofendida por cómo vapuleaba sus deseos y sus necesidades, Farah lo contradijo.

–Sí es bienvenido.

–No he venido aquí para discutir contigo.

–Entonces, deja de actuar como un idiota –le espetó ella, ofendida–. Si quiero hablar con un amigo, puedo hacerlo.

–No, si yo te lo prohíbo.

–¿Cómo? –replicó ella, llena de furia–. No te atrevas a dictarme lo que puedo o no hacer. No soy tu posesión.

Sin darle tiempo a decir más, él la tomó entre sus brazos y la besó con fuerza, para demostrarle quién mandaba.

–Sí. Eres mía, Farah. No lo olvides.

Loca de rabia, ella se lanzó contra él. Sin embargo, en pocos segundos, la inmovilizó.

–Tranquila, pequeña gata salvaje.

–Eres un gran...

No pudo terminar su insulto porque Zachim le cubrió de nuevo la boca con la suya, penetrándola con su lengua ardiente. Oh, era tan agradable volver a sentir la fuerza de su pasión, se dijo ella, derritiéndose entre sus brazos.

–Eres mía –repitió él–. Y, si no quiero que veas a alguien porque lo considero peligroso, no lo harás.

Furiosa por sus palabras y por la reacción sumisa de su propio cuerpo, Farah lo empujó.

–Puedo protegerme sola, si es eso lo que te preocupa.

–¿Como ahora? –preguntó él, acorralándola contra la puerta del establo, y deslizó una pierna entre sus muslos para inmovilizarla.

Rayo de Luna relinchaba nervioso detrás de ellos. Una sensación de impotencia invadió a Farah sin remedio. Si había tenido alguna esperanza de que Zachim la amara y la respetara como a una igual, se disolvió al instante.

–Te odio –gritó ella, sin estar segura de si lo odiaba a él o, más bien, a sí misma por amar a alguien que no la correspondía.

–No me importa –repuso él, la soltó y se limpió la boca, como para quitarse su sabor.

«¿No le importaban sus sentimientos?».

–Me alegro de saberlo –dijo ella y, con toda la dignidad que consiguió reunir, salió corriendo de los establos.

Viéndola marchar, Zachim estuvo a punto de darle un puñetazo a la pared.

¿De dónde había salido esa ira incontrolable? Él, que siempre había sido tan contenido y diplomático, se había convertido en un hombre de las cavernas.

Tenía que reconocer que el comentario en voz baja de Amir cuando había pasado a su lado le había sacado de sus casillas.

–Sabía que no podrías hacerla feliz –le había susurrado Amir.

Eso le había hecho estallar de furia. Encima, ¿qué era lo que le había dicho Farah? ¿Que lo odiaba?

Sumido en la desesperación, empezó a dar vueltas por el establo, tratando de poner en orden sus pensamientos.

En primer lugar, por mucho que odiara a ese Amir, no podía impedirle a su mujer verlo.

En segundo lugar, necesitaba tomar perspectiva, si quería encontrar una forma de que su matrimonio funcionara.

Y, por último... Tenía que disculparse con ella por haberse portado como un idiota.

Respiró hondo y se fue a buscarla. La encontró en el salón, leyendo unos documentos de trabajo. Al parecer, su pelea no la había distraído de sus quehaceres.

–Quería pedirte perdón por haberte gritado. Lo siento.

–No importa –repuso ella con tono educado.

–Claro que importa.

–Mira, Zachim... –comenzó a decir ella y titubeó un momento, con mirada de desconfianza–. Las cosas han cambiado desde que volvimos de Ibiza y no creo que vayan a mejorar. ¿No opinas lo mismo?

Él asintió, aunque lo que estaba pensando era que debía hacerse a la idea cuanto antes de que su mujer quería el divorcio.

–La verdad es que ambos hemos sido víctimas de la situación.

–Yo no soy ninguna víctima –se apresuró a protestar él.

–Bueno, para ti es fácil decir eso. Eres un hombre. Y eres príncipe.

–No me importa lo que soy.

–Bien. Solo quería hacer las cosas más fáciles –dijo ella con un suspiro.

–Lo que quieres decirme es que, como ya no voy a encarcelar a tu padre, no hay razón para que sigamos casados –le espetó él, furioso–. Podrías, al menos, ser sincera.

Ella le lanzó una mirada ofendida.

–Esa no es la única razón. Pero es cierto que, si dejamos atrás el pasado, no hay motivo para que sigamos juntos.

Zachim vio lágrimas en sus ojos. ¿Serían de tristeza o de rabia? Ella no había hecho más que desafiarle desde el principio. Y él había sido tan arrogante como para pensar que acabaría enamorándola, como le había sucedido siempre con las mujeres.

Tal vez, aquello nunca había tenido nada que ver con el enamoramiento y él no había hecho más que confundir el amor con el sexo.

–¿Zachim?

–Estoy bien –dijo él con expresión distante–. Entiendo que lo has pensado bien. Yo no he tenido tiempo para hacerlo. Pero tienes razón. No hay motivo para seguir juntos.

Farah se quedó conmocionada por cómo Zachim había aceptado todo lo que le había dicho sin oponer resistencia.

–Entonces, cuando la ley cambie, ¿podemos divorciarnos?

–Podemos hacerlo ahora –indicó él, se fue a su despacho y regresó con un documento que le tiró a la mesa–.

Es la nueva legislación que te da libertad para pedir el divorcio. Puedes ser la primera mujer en divorciarse en Bakaan. Supongo que eso te gustará.

Lo que Farah quería era lanzarse a sus brazos y besarlo. Lo que ansiaba era que él la apretara contra su pecho y le dijera que la amaba, que no podía vivir sin ella.

Entonces, pensó que Zachim, que siempre había querido casarse por amor, se había visto obligado a contraer matrimonio con ella de forma injusta. Lo único que podía hacer por él era dejarlo libre.

—Creo que... me iré a mi casa. Si no te importa —señaló ella, conteniendo un gemido—. A Al-Hajjar.

—Sé que nunca has considerado que el palacio fuera tu casa, Farah —dijo él, herido—. Pero eso no puede lograrse de la noche a la mañana.

—Lo sé. No quería decir... —murmuró ella con voz temblorosa. En silencio, deseó que la besara en ese mismo momento.

—Haré que Staph prepare tu partida.

Farah se obligó a sonreír y, antes de que las lágrimas la delataran, salió de la habitación.

Capítulo 15

POR QUÉ nada le salía como él quería?, se dijo Zachim, mientras esperaba junto a su hermano que tomaran asiento los invitados a aquella cena con el jefe de estado de un país vecino.

–¿Dónde está Farah? Dijiste que asistiría. No queremos asustar a este viejo demonio antes de que firme el tratado de comercio.

–Te he dicho que se ha ido a su casa.

–Eso fue hace una semana –repuso Nadir, frunciendo el ceño–. ¿Cuándo vuelve?

–¿Cómo diablos voy a saberlo? –rugió Zachim, demasiado alto, en medio de la sala llena de gente.

Su hermano lo agarró del brazo con gesto severo.

–Vamos fuera un momento tú y yo.

Cuando se hubieron quedado a solas en una antecámara adyacente, Nadir clavó la mirada en Zachim.

–¿Cómo que no sabes cuándo vuelve? ¿No se lo has preguntado?

No, no se lo había preguntado. Había temido conocer la respuesta, esa era la verdad.

–Se ha tomado unas vacaciones –dijo Zachim, mirando al suelo–. Pero ¿por qué tenemos que hablar de esto ahora?

–No lo sé. ¿Tú qué crees?

–Que no.

–Bien. Aunque me gustaría saber por qué tienes peor

aspecto que cuando regresaste de tu cautiverio en el desierto.

—No lo sé. Quizá no duermo bastante.

—Ella te ha dejado, ¿no es así? —adivinó Nadir con expresión seria.

—¿Quién?

—Maldición, Zachim...

—Sí, me ha dejado. ¿Contento? —admitió Zachim, conteniéndose para no estampar contra la pared un jarrón persa del siglo XVIII que había a su lado.

—¿Quieres tomar algo? —ofreció Nadir, abriendo el mueble bar.

—No.

—Bien. Yo me tomaré dos copas, la tuya y la mía.

Zachim se dejó caer en un sillón y miró a su hermano con gesto desesperanzado.

—Bueno, ¿y qué vas a hacer ahora? —quiso saber Nadir.

—Nada.

—Eso es muy poco.

—Mira, hermano, aprecio que me quieras ayudar, sobre todo, cuando has dejado al rey de Ormond por mí, pero... mi relación no es como la tuya con Imogen.

—Eso no lo sé. Lo que sé es que amas a una mujer y vas a dejarla marchar.

¿La amaba? Zachim había estado intentando convencerse de que no era así, aunque no lo había logrado.

—Le prometí que la dejaría marchar. Si amas a alguien, tienes que dejarle elegir.

—Mira, las cosas no son así —repuso Nadir, sentándose a su lado—. Si no corres a decirle lo hundido que estás sin ella, iré a hacerlo yo mismo, porque no quiero perder a una de nuestras mejores embajadoras solo porque no seas capaz de confesarle lo que sientes.

Diablos. Su hermano tenía razón. Se había comportado como un asno. Había preferido dejar marchar a la mujer que amaba con tal de no sufrir el dolor de no ser correspondido.

—¿Puedo llevarme el helicóptero?

—Sí. Pero esta vez lleva escolta. Si el padre de Farah o ella misma disparan al helicóptero, no podremos permitirnos sustituirlo con todo lo que vamos a invertir en renovar el país.

Farah estaba acostada cuando oyó el ruido de truenos acercándose. Genial. Una tormenta, se dijo, tumbada en su fría cama. Echaba tanto de menos al príncipe a su lado...

Enseguida se oyeron voces fuera de su choza y el ruido se fue haciendo más fuerte. A toda prisa, se puso unos pantalones y las botas para ir a ver qué pasaba.

Fuera, la luz de varios helicópteros iluminaba toda la aldea. El pánico cundió entre sus habitantes, que corrían de un lado para otro, mientras los hombres de su padre se preparaban para repeler un ataque.

—¡Esperad! —gritó ella y corrió hacia el grupo que encabezaba Amir.

Entonces, de uno de los helicópteros que habían aterrizado, salió Zachim. Comenzó a caminar hacia ella, seguido de cincuenta de sus hombres.

—Hola, Farah.

«¿Hola?».

¿Invadía su aldea con un ejército y decía «hola»?

—Zachim, ¿qué haces aquí? ¿Quieres empezar una guerra?

—No —negó él, deteniéndose ante ella—. He venido para hablar contigo.

—¿A estas horas de la noche? ¿Qué es tan importante que no puede esperar a la mañana?

—Nosotros. El futuro —dijo él, tomándole las manos—. Pero preferiría estar a solas contigo... sin que me apuntaran con rifles. ¿Hay algún lugar donde podamos hablar en privado?

—Si querías hablar en privado, no deberías haber traído a tus hombres.

—Nadir insistió —dijo él con una sonrisa.

—¿Qué demonios pasa aquí, Darkhan? —rugió el padre de Farah y, apartando al gentío, llegó hasta ellos con gesto malhumorado—. ¿Cómo te atreves a presentarte así?

—He venido a por su hija, señor.

Farah parpadeó. ¿Había oído bien?

—Un hombre debe saber cómo hacer feliz a su mujer. Hace años, le prometí a su madre que me aseguraría de que se casara con el hombre adecuado para ella —repuso Hajjar.

—¿Ah, sí? —preguntó Farah.

—Tu madre decía que hacía falta un hombre fuerte para manejarte. Y tenía razón. Yo nunca he podido —admitió su padre y miró a Zachim—. Esa noche, en el palacio, vi algo en tu cara cuando mirabas a mi hija. ¿Me equivoco?

—No, señor. Yo la amo.

La multitud comenzó a cuchichear a su alrededor.

—No me ama. Solo lo dice porque... —comenzó a decir Farah, presa de la más horrible humillación—. ¿Por qué lo dices, Zachim?

—Porque es verdad.

—¿Me quieres?

—Con todo mi corazón.

—Pero te casaste conmigo por obligación. Mi padre...

—Creo que debéis continuar esta conversación en tu choza, Farah —indicó su padre.

Recorrida por un tumulto de emociones, Farah se dejó conducir a la choza por su marido.

–Nos obligaron a casarnos. Pero nadie me ha obligado a quererte como te quiero –confesó él cuando se hubieron quedado a solas. Tomó su rostro entre las manos y le dio el más dulce de los besos–. Te amo, *habiba*. He sido un cobarde por no decírtelo antes. Y quiero creer que sientes algo por mí. Necesito que vuelvas conmigo y nos des otra oportunidad.

–Oh, Zachim –dijo ella, sumergiéndose en sus ojos. Entonces, supo que debía confiar en él y vencer sus inseguridades, si quería vivir una vida plena y verdadera–. Yo también te quiero. Tanto que no me lo puedo creer –reconoció y lo besó con pasión.

–Yo te amo más de lo que creía posible.

–Estabas tan distante estas semanas que creí que te habías arrepentido de estar conmigo. Pensé que querías romper nuestro matrimonio y no sabías cómo.

–Nada de eso. Yo estaba preocupado porque me parecía que me ocultabas algo y no lograba llegar a ti –explicó él, acariciándole el rostro–. La verdad es que te amaba tanto que empecé a dudar de mí mismo.

–¿Tú?

–Sí, yo –admitió él con una sonrisa–. El amor que siento no es la emoción idílica y tranquila que me había imaginado. Es ardiente y poderoso y me puso de rodillas ante ti.

–¿Sabes? El primer día que te vi quise hacer exactamente eso contigo –le confesó ella, riéndose–. Soy tan feliz, Zachim. Nunca pensé que podría amar tanto a un hombre.

–A un hombre no. A mí.

Farah se rio de felicidad.

–Me alegro de que hayas venido a buscarme. Sin ti... sin ti... –balbuceó ella y se le saltaron las lágrimas.

–Tú eres mi destino, Farah –aseguró él, limpiándole el rostro–. Eres la razón por la que volví a Bakaan hace cinco años y eres la razón por la que no quiero irme nunca. Has iluminado mi vida.

—Oh, Zachim, llévame a casa —susurró ella.

—¿Al palacio?

—A donde estés tú. No quiero separarme de ti nunca más —musitó ella, rodeándolo con sus brazos.

—Bien. Porque no voy a dejarte marchar jamás.

El príncipe selló su promesa con un beso cargado de amor, gozo y buenos augurios. Y Farah supo que era el hombre en quien podía confiar durante el resto de su vida.

Acepte 2 de nuestras mejores novelas de amor GRATIS

¡Y reciba un regalo sorpresa!

Oferta especial de tiempo limitado

Rellene el cupón y envíelo a

Harlequin Reader Service®
3010 Walden Ave.
P.O. Box 1867
Buffalo, N.Y. 14240-1867

¡Sí! Por favor, envíenme 2 novelas de amor de Harlequin (1 Bianca® y 1 Deseo®) gratis, más el regalo sorpresa. Luego remítanme 4 novelas nuevas todos los meses, las cuales recibiré mucho antes de que aparezcan en librerías, y factúrenme al bajo precio de $3,24 cada una, más $0,25 por envío e impuesto de ventas, si corresponde*. Este es el precio total, y es un ahorro de casi el 20% sobre el precio de portada. !Una oferta excelente! Entiendo que el hecho de aceptar estos libros y el regalo no me obliga en forma alguna a la compra de libros adicionales. Y también que puedo devolver cualquier envío y cancelar en cualquier momento. Aún si decido no comprar ningún otro libro de Harlequin, los 2 libros gratis y el regalo sorpresa son míos para siempre.

416 LBN DU7N

Nombre y apellido	(Por favor, letra de molde)	
Dirección	Apartamento No.	
Ciudad	Estado	Zona postal

Esta oferta se limita a un pedido por hogar y no está disponible para los subscriptores actuales de Deseo® y Bianca®.
*Los términos y precios quedan sujetos a cambios sin aviso previo.
Impuestos de ventas aplican en N.Y.

SPN-03   ©2003 Harlequin Enterprises Limited

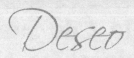

El misterio del gran duque
Merline Lovelace

El agente secreto Dominic St. Sebastian nunca había esperado convertirse en duque. Su nombre apareció en los titulares de prensa, y eso dejó su carrera como agente secreto en suspense. Y todo por culpa de la sosa de Natalie Clark, que desenterró la información y luego apareció en la puerta de la casa de Dominic con amnesia.

¿Podría ser que Natalie no fuera lo que parecía? Una cosa estaba clara: ¡su innegable atracción estaba a punto de llevarles a un viaje realmente salvaje!

El misterio del gran duque
Merline Lovelace

¿Por qué la encontraba tan irresistible?

¡YA EN TU PUNTO DE VENTA!

Bianca

Su matrimonio había terminado, pero... ¿qué pasaba con el bebé?

El matrimonio entre Jane y el guapísimo magnate griego Demetri Souvakis había llegado a su fin hacía ya cinco años. Destrozada y traicionada, Jane lo había abandonado y había empezado una nueva vida.

Ahora Demetri necesitaba un heredero urgentemente, por lo que le pidió el divorcio a su hermosa esposa. Pero antes de firmar los papeles deseaba darse un último revolcón en el lecho matrimonial, por los viejos tiempos, claro...

Lo que no sospechaba era que ese último encuentro tendría semejante resultado. ¿Cómo podía decirle al hombre del que estaba a punto de divorciarse que iba a tener un hijo?

FRUTO DEL AMOR
ANNE MATHER